触れるだけのキスでは到底、満足できない。
すぐに神宮の唇をこじ開ける。

illustration by TOMO KUNISAWA

キス×キル

いおかいつき
ITSUKI IOKA

イラスト
國沢 智
TOMO KUNISAWA

Lovers Label

CONTENTS

1

仕事が嫌いなわけではない。むしろ、生きがいだし、仕事がなければ何をしていいかわからないくらいだ。それでも、仕事終わりの足取りが軽くなるのは、自宅ではなく恋人《こいびと》の家に向かっているからだろう。

神宮聡志《じんぐうさとし》の住むマンションに到着すると、一階で待機していなかったエレベーターを待ちきれず、非常階段を駆《か》け上がる。

「三日連続だな」

部屋のインターホンを押すと、呆《あき》れ顔の神宮がドアを開けた。

神宮の言うとおり、この三日間、一馬《かずま》は仕事終わりにここを訪ねている。一応、連絡はしているのだが、事件《じけん》が起きなければ行くという曖昧《あいまい》なものだった。

多摩川西署《たまがわにししょ》から品川署《しながわしょ》に異動になった最大の利点は、こうして仕事終わりに神宮の部屋に来られることだ。どこの所轄《しょかつ》に行こうが、刑事《けいじ》としての仕事自体は変わらない。事件が起きれば捜査《そうさ》するだけだ。捜査でプライベートが侵食《しんしょく》されようが、一馬は苦にならない。

一馬は神宮を押しのけ、室内へと進んだ。背後で神宮の苦笑いが聞こえる。

「まるでここがお前の部屋のようだな」

「感覚としてはそうかもな。まだ新居に馴染《なじ》みがないし、断然、ここのほうが居心地《いごこち》がいいし」

我が物顔で家主より先にソファにどかりと腰を下ろす。

転勤とともに一馬は引っ越しをした。数ヶ月は過ぎたのだが、ほとんど寝に帰るだけしか滞《たい》在《ざい》していない部屋に馴染むはずもない。

それに、外で飲食する以外に二人で過ごすのはこの部屋になる。以前、一馬が警察《けいさつ》の独身寮《どくしんりょう》に住んでいたからというのもあって、神宮の部屋に来るのが当たり前だった。だから、今の自分の部屋よりよほど馴染みがあって落ち着けた。

「珍《めずら》しいな。テレビがついてる」

一馬の視線は正面にあるテレビで止まる。一馬もそうなのだが、神宮もあまりテレビ番組を見るタイプではなく、一馬がこの部屋にいるときにテレビの電源が入っていたことはほとんどなかった。

「ああ。ニュースをな。今日は一日忙《いそが》しくて、チェックする時間がなかった」

「なるほどね」

納得した一馬に、神宮が手にしていた缶《かん》ビールを差し出す。わざわざ一馬のために持ってきてくれたようだ。もっとも反対の手にはもう一つの缶ビールがあるから、ついでだったのかもしれないが。

神宮の思惑《おもわく》はどうあれ、ありがたいことには変わりない。一馬は早速《さっそく》、喉《のど》を潤《うるお》すため、ビールを口に運びつつ、テレビ画面に視線を戻した。一馬も職場にあった新聞にざっと目を通しただけで、今日のニュースは知らなかったからだ。

神宮も缶ビールを手に、一馬の隣に腰を下ろす。

『……次のニュースです。都立高校の教師が自宅マンションで腹部に刃物《はもの》が刺《さ》さった状態《じょうたい》で死亡《しぼう》しているのが発見されました。亡《な》くなっていたのは、松下恭平《まつしたきょうへい》さん、三十三歳……』

アナウンサーが読み上げた名前を耳にした瞬間、一馬は目を見開き、身を乗り出し、テレビ画面に顔を近付ける。

「どうした？」

神宮が問いかけてくるが、すぐには答えられなかった。画面に映し出された写真と記憶を結びつけるのに必死だった。

「知り合いか？」

再度の問いかけに、ようやく思い出した一馬はしっかりと頷《うなず》いてみせた。

「この死んだ男、高校のときにいた教師だ」

「その言い方だと、担任というわけではなさそうだな」

聡《さと》い神宮は、一馬の微妙《びみょう》な言い回しに気づいた。

「ああ。担任でもなかったし、何の教科を担当してたのかも覚えてない」

「それなのに、名前は覚えてたのか？」

神宮が意外そうに言うのも当然だ。一馬が高校を卒業して、もう十年以上も経《た》っている。関わりの少ない教師を覚えているほうが不思議《ふしぎ》だろう。

「高校時代にラブホでばったり出くわしたんだよ。渋谷のホテルだったかな」

場所の記憶は曖昧だが、知り合いに会わないようにと遠出した先で学校の教師と出会ったのだから、インパクトは絶大《ぜつだい》だった。だから、全く関わりのない教師なのに、忘れられなかったのだ。

「お前、高校生の頃からラブホテルになんか行ってたのか？」

神宮が責めるような視線を向けてきた。神宮のことだ。道徳的なことを説《と》いているわけではなく、確実に当時の彼女への嫉妬《しっと》だろう。

「親のいるとこでできないだろ。かといって地元じゃ、誰に見られるかわからないから、わざわざ人が多くて紛《まぎ》れそうな渋谷まで出向いてたんだよ。それなのにさ」

当時の記憶が蘇《よみがえ》る。ホテルに入ろうとしたところで、出てきた松下と鉢《はち》合わせしてしまったのだ。すっかり気持ちも萎《な》えて、結局、ホテルには入らなかったという苦《にが》い思い出だ。

「向こうもお前に気づいたのか？」

「ばっちり目が合ったけど、そこは気づかないふりするのが礼儀だからな」

「何が礼儀だ」

神宮が鼻で笑う。

「その後、それについて話したりしなかったのか?」

「するわけないだろ。そもそも一度も会話したことないし」

一馬の記憶にある松下は、ホテルで遭遇《そうぐう》したときの一度きりしかない。校内でもすれ違うくらいはしていたのだろうが、覚えていない。あのホテルでの遭遇がなければ、今も名前を覚えていることはなかったし、こうしてニュースで名前を聞かされても、思い出すこともなかっただろう。

「それでも、よく今まで忘れてなかったな」

たった一度の遭遇を十年以上も覚えていたことを神宮が感心したように言った。

「ああ、それな。向こうは一人だったから、不思議で覚えてたんだ」

「一人? ラブホテルをビジネスホテル代わりにすることもあるが、渋谷なら他にホテルはいくらでもありそうだ」

「だろ?」

神宮の疑問に一馬も同意する。

「まあ、一緒にいるところを見られたくない相手で、時間差でホテルを出ることもあるだろうけど」

「確かに、教師だとその辺りは気を遣《つか》いそうだな」

神宮は納得したように頷《うなず》いて見せる。

「最初は俺もそう思った」

「最初は？」

「独身の男がホテルに行って何か問題あるか？　地元から離れたホテルまで使ってんのに、用心しすぎだろ」

一馬がそのことに気づいたのは、松下が独身だと知ってからだ。一度は納得したのに、どうにも違和感《いわかん》が拭《ぬぐ》えなかった。

「不倫《ふりん》か？」

「その可能性大だろ？　だから印象に残ってたんだ」

その印象に残っている男が不審死《ふしんし》した。さっきのニュースだけでは詳細がわからない。腹を刺されてなら事件のはずだが、そうは言っていなかった。警察発表がまだなだけなのか、それとも事件なのか自殺か事故《じこ》か、わからない状況《じょうきょう》だったのか。松下の過去を知っているだけに、一馬は気になった。

「それで、お前は誰と行ったんだ？」

思考に沈《しず》みかけた一馬に、神宮が問いかける。その声に少し棘《とげ》があるような気がしたものの、一馬は正直に答えた。

「そんときの彼女。年上だったけど、俺は不倫じゃないからな」

冗談《じょうだん》のつもりで言ったのに、神宮は全く笑わない。つまりは嫉妬しているということだ。一馬は呆れて溜息《ためいき》を吐《つ》く。

「過去に嫉妬されてもさ、今の俺にはどうにもできないだろ」

「だからといって、むかつかないかは別問題だ」

神宮はその言葉どおり、仏頂面《ぶっちょうづら》だ。

「いやいや、そんな当たり前みたいな顔で言われても」

一馬は苦笑いして頭を掻《か》く。高校時代だけでも、その彼女以外に数人いたのだ。神宮はその一人一人に嫉妬していくつもりなのだろうか。

「お前だって、過去にはいろいろと付き合ってたんだろ？」

神宮の気持ちを逸《そ》らせようと一馬から問いかける。お互《たが》い、二十九歳になった。その二十九年間、何もなかったなどありえないし、何より、一馬は神宮の元彼を一人知っている。

「聞きたいか？」

神宮がほんの少し表情を和《やわ》らげ問い返してくる。

「いや、別に。聞いたところで何ができるわけでもないし」

素《そ》っ気《け》なく答えた一馬に、神宮は不満そうな目を向けてきた。けれど、一馬が続けた言葉に、途端《とたん》にその目が柔《やわ》らかくなる。

「それに、歴代彼氏を比べたって、俺が一番なんだろ？」

一馬が自信たっぷりに笑うと、神宮も釣《つ》られたように笑みを浮かべる。

唯一《ゆいいつ》知っている神宮の元彼である桂木暁生《かつらぎあきお》は、男の一馬から見てもいい男だ。容姿だけでなく、仕事もできるし、一馬より確実に金持ちだ。それでも自分が一番だと言い切れるのは、この神宮から向けられる異常なほどの執着《しゅうちゃく》だ。こんな愛情を向けられれば疑いようがない。

「ああ。間違いない。お前が一番だ」

一馬の言葉を肯定《こうてい》すると、神宮は顔を近付けてきた。もちろん、一馬がそれを避《さ》けることはない。

自然の流れで唇《くちびる》が触れ合う。過去に他の誰かとしたキスはもう覚えていないが、こんなに軽く触れ合っただけでも、体が熱くなるのは神宮とのキスだけだ。

一馬はさらに強く唇を押しつけた。そうして、こじ開けるようにして、神宮の口中に舌を差し込んだ。

攻めているのは一馬のはずだった。だが、背中に手を回してきた神宮が首筋《くびすじ》に手を回してきたり、髪に指を絡《から》めたりと、一馬とは違った手法で攻めてくる。キスでさえ、二人の間ではただの愛情表現ではなく、負けられない戦いになってしまう。

一馬の舌に神宮も自らの舌を絡ませる。激しく絡み合う舌の動きで唇は離れ、唾液《だえき》が零《こぼ》れ落ちる。

熱い口づけはその先を促《うなが》す。二人の手は当然のように、互いの股間《こかん》に伸びていった。

自宅でくつろいでいた神宮と違い、一馬は仕事帰りだ。ベルトを外《はず》すという一手間が多い。

それなのに神宮が一馬の中心を引き出すのは、一馬が神宮のそれを引き出すのとさほど変わらなかった。

「……っ……」

触れられた瞬間、一馬は息を詰《つ》めた。神宮に触れられるのには慣れたけれど、形を変え始めたそこへの刺激に無反応でいるのは無理だ。

神宮の手が一馬を扱《しご》き上げるのに負けじと、一馬も手を動かす。神宮より先には達したくないという思いが強い。自分が感じている以上の快感《かいかん》を神宮に与えたいと、忙《せわ》しなく手を動かし続ける。

「河東《かわとう》……」

熱の籠《こ》もった声で呼びかけられ、顔を向ける。自らのその動作でわかった。扱くのに夢中になっていて、唇が離れていた。神宮の呼びかけはキスの催促《さいそく》だ。

互いにキスをする前よりも明らかに顔が上気している。その赤い顔に一馬も赤くなった顔を近付けていく。

手の中で大きくなった屹立《きつりつ》を扱くだけでなく、キスの刺激でも神宮を昂《たかぶ》らせたい。神宮が嫉妬した過去の経験で培《つちか》ったテクニックを存分に発揮《はっき》していく。もっとも、それは一馬だけではなかった。神宮もまた、あらゆるテクニックを駆使《くし》して、一馬をイかせようとしていた。

「はぁ……」

唇が離れた瞬間、漏《も》れ出た声はどちらのものだったのか。自分が発したようにも思うし、神宮の口から聞こえたような気もする。それすらわからないくらいに、今、一馬の頭は、神宮をイかせることと、イきそうになるのを堪《こら》えることでいっぱいだった。

二人の屹立はどちらも負けないほどに大きく硬《かた》くなっていた。もう後ほんの少しの刺激で達してしまいそうな状況《じょうきょう》だ。

一馬は屹立を扱いていたのとは違う手もそこに近付けた。そして、扱き上げたところで、神宮の先端《せんたん》に爪《つめ》を立てる。

「くっ……」

「……っ……」

短い息を発したのは、神宮だけではなかった。一馬の行動を読んでいたのか、神宮も同じように一馬を追い上げる最後の仕上げに、軽く痛みを感じるくらいに屹立を締め上げた。その結果、二人が達したのはほとんど同時だった。

先にはイかなかったが、先にもイかせられなかった。つまりは引き分けだと、とりあえずは自分を納得させ、一馬は神宮から手を離す。

「ベタベタだな」

一馬は濡《ぬ》れた手を持ち上げて苦笑した。焦《あせ》っていたつもりはないのに、スーツのままで始めてしまった。スラックスも脱《ぬ》がずに前を広げただけだ。神宮が手で受け止めたから、かろうじ

て精液で汚さずに済んだが、おかしな皺《しわ》はついてしまった。これはもう洗うしかないだろう。それならと、濡れた股間をそのままに、神宮の後ろに手を回そうとした。

「何をしてる」

神宮がすかさず一馬の手首を摑《つか》んで動きを封じる。

「何って決まってんだろ」

一馬はまっすぐ神宮を見つめて、きっぱりと言い切った。

一馬の狙《ねら》いは神宮の後孔だ。ずっと神宮を抱きたいと思い続け、未《いま》だ、それは果たされていない。隙《すき》あらばと狙うのは当然だった。

「ダメか？」

勢いと流れでいけないかと、一馬は上目遣いでお伺《うかが》いを立てる。だが、神宮の返事はあっさりとしたものだった。

「ダメに決まってるだろう」

迷《まよ》うことなく即答《そくとう》する神宮に、一馬はダメだったかと肩を落とす。

「まさか、まだ諦《あきら》めてなかったとはな」

「諦める要素がどこにあるよ」

一馬はムッとして顔を上げ、神宮を睨《にら》む。

いくら神宮がずっと抱く側だったとしても、一馬とて相手が女性ではあるが、神宮と付き合う前まで抱く側だったのだ。簡単にその立場を変えることは受け入れられないし、受け入れたいとも思っていない。

一馬のその態度がおかしいのか、神宮がくっと喉《のど》を鳴らして笑った。

「笑い事じゃねえよ」

一馬が顔を顰《しか》めると、神宮がますます笑い出す。さっきまで漂《ただよ》っていた淫猥《いんわい》な空気は、すっかり霧散《むさん》してしまう。

「ここまでだな」

軽く肩を竦《すく》めた神宮が終わりを告げた。一馬の要望を受け入れるつもりはないから、この先はないということだ。そのうち絆《ほだ》されるかと懲《こ》りずに言い続けているのだが、神宮はなかなかその気にはならない。

一馬はふーっと諦めの息を吐く。

「シャワーを浴びてくる」

「その格好《かっこう》じゃな」

神宮が一馬の股間に目を遣《や》り、鼻で笑う。さっきから変わらず萎《な》えた中心を露《あら》わにしたままだ。けれど、それは神宮も同じだ。

「お前もだろ。けど、シャワーは俺が先な」

そう言って浴室に向かうために一馬が立ち上がると、スラックスが足下へとずり落ちた。

どうせシャワーを浴びるのだ。この場で脱ぎ捨てていっても問題ない。一馬はスラックスを抜きとろうと片方の足を上げた。

「ちょっ……」

片足立ちで不安定だった一瞬の隙《すき》を突かれた。背中を押されて倒れそうになり、咄嗟《とっさ》に両手をテーブルについた。

神宮にやられたと気づいたときには遅かった。テーブルに手をつき、腰を突き出した体勢は神宮の思うつぼだ。一馬が体を起こすより早く、神宮の手が一馬の前に回った。

「いっ……」

中心に覚えた痛みに一馬は顔を顰める。神宮が強く握ったせいだ。一馬の動きを封じるためだとわかっても、急所を握られていては不用意に動けない。

「待てっ……」

後孔に触れた濡《ぬ》れた感触に一馬は焦って声を上げる。

「もう終わりだったろ」

「さっきまではそのつもりだったんだが、お前がこんな無防備な姿を晒《さら》すから」

「それはお前がっ……」

反論しようとした。けれど、躊躇《ちゅうちょ》なく押し込められた指が、一馬から言葉を奪《うば》う。

一馬が神宮から目を離したのは一瞬だ。神宮も準備に時間をかけられなかったのだろう。指の滑《すべ》りが足りないのか、一馬の中の抵抗が大きかった。

「やっぱりこれだけじゃ滑りが足りないな。キツいだろう？」

一馬の抗議《こうぎ》を無視して、他人事《ひとごと》のように尋ねてくる神宮に怒りが増す。

「キツいに決まってんだろ。抜けよ」

快感ではなく異物感しかない状況だから、一馬も強く言い放つことができた。

「馬鹿だな。今抜いたら何のために入れたかわからないだろう」

一馬の言葉を神宮が鼻で笑い飛ばす。

前が急所なら、一馬にとって後ろは弱点だ。こうして指を入れられると、それだけで動けなくなってしまう。神宮が滑りが不十分なままで指を突《つ》き刺《さ》したのも、それを知った上で、一馬の動きを封じようとしたに違いない。

一馬の中心から神宮の手が離れる。どうしてかはすぐにわかった。

「あっ……」

冷たい何かが双丘に垂《た》らされた。その冷たさに声が出る。

おそらくローションが、双丘の狭間《はざま》をゆっくりと伝っていき、やがて後孔に辿《たど》り着く。

「んっ……」

堪えていたのに息が漏れた。

後孔と神宮の指が重なった部分にローションが流れ込む。それを待って神宮は浅く指を引き、ローションを纏《まと》わせて、再び中へと押し込んだ。

「あ……はぁ……」

さっきよりもすんなりと押し入ってきた指に、一馬の吐き出した息は、明らかに熱を含《ふく》んでいた。

神宮は浅く指を引いては入れる動きを繰り返す。その動きで一馬の中をローションで濡れさせるためだ。

「もう抜いてほしくないだろう？」

そう言いながら、神宮は中の指で肉壁を擦《こす》り上げた。

「ああっ……」

一馬の体を知り尽くしている神宮は、的確に前立腺《ぜんりつせん》を刺激した。一馬は背を仰《の》け反《ぞ》らせ、快感に声を上げる。

指先で前立腺を擦りながら、神宮はもう片方の手を再び勃《た》ち上がり始めた一馬の中心に添え、ゆるく撫《な》で上げる。後ろを弄《いじ》られて感じているのだと教えるような動きだ。

「うっ……う……」

神宮が指を増やしてきた。圧迫感が一馬の口から堪えきれない声を溢《あふ》れさせる。

「まだキツいか」

神宮は独《ひと》り言《ごと》のようにそう言うと、前に回していた手をまた離す。

後ろで神宮が何かしている物音が聞こえ、確かめるために一馬は振り返った。

「あぁ……」

自分の動きで中の指が前立腺を刺激した。反射的に漏れ出た声を隠《かく》すため、一馬はテーブルについた手に顔を埋《うず》める。そのせいで、更《さら》に尻《しり》を突き出す格好になったことには気づけなかった。

「待ちきれないからって、自分で腰を振るのはどうなんだ？」

揶揄《やゆ》する声に、一馬は微《かす》かに首を振る。体を動かせば、中を刺激してしまうことに気づいたばかりだ。動きは自然と制限された。

「違……う……」

言葉でも否定《ひてい》しようとしたが、神宮が指を動かしたせいで声が震《ふる》える。

「お前を感じさせるのは俺の役目だ。勝手に気持ちよくなるな」

「はっ……あぁ……」

神宮は宣言《せんげん》と共に、新たな指を中へ突き刺した。先の二本とは違い、もっとねっとりとした液体を纏っている。神宮はまた別のローションを使うことにしたようだ。さっきの動きはその準備だったのだろう。

圧迫感は増したものの、三本に増えたのに痛みはなく、むしろ指の動きがスムーズになった。自在に中で動き回る指が一馬の体を揺《ゆ》らめかせる。

「あっ……はぁ……っ……」

熱い息しか出てこない。一馬の中心は完全に力を取り戻していた。それなのに、神宮はもう前には触れてくれない。後孔を解《ほぐ》す行為に集中していた。

グチュグチュと淫猥な音が一馬の耳を犯《おか》す。自分が吐き出す声や息さえも淫《みだ》らなＢＧＭとなって一馬を苛《さいな》む。

「もう……や……めろ……」

全てから解放されたくて、力の入らない声で訴《うった》える。

「何をやめろって？」

神宮は手の動きを止めることなく、一馬に問いかける。

「それ……あっ……ぁ……」

「それ？　これか？」

そう言いながら、神宮は中に収めた三本の指をぐるりと回転させた。

「いっ……あぁ……」

三本の指の腹が順番に前立腺を撫で上げる。一馬はそれがもたらす激しい快感に背を仰け反らせた。

「やめてほしくはなさそうだが？」

笑いを含んだ声音《こわね》に反抗《はんこう》したくても、今、言葉を発しようとすれば、きっと神宮を喜ばせる声にしかならないだろうことはわかっている。だから、一馬は唇を引き結び、ただ首を横に振った。

「そうか。指では足りないか」

一馬の態度を自分に都合良く解釈《かいしゃく》し、神宮は満足そうに笑っている。決して大きくはない笑い声でも、一馬は嫌な予感にぞくりと背中を震わせた。

一馬の後孔は神宮の指を三本も呑《の》み込んでいる。神宮がもう大丈夫だと判断して、次の段階に行くのは予想できることだ。なんとかそれを阻止《そし》したくて、それでも後ろを刺激しないようにと、一馬は微かに身じろいだ。

「あ……んっ……」

放置されていた屹立に神宮が指を絡ませてきた。既《すで》に限界だったそこは、触れられただけで悦《よろこ》びに震える。

神宮は完全に一馬の思考を読んでいた。指を引き抜けば、その隙《すき》に逃げようとすることなど、これまでの一馬の行動から容易《ようい》に想像できたのだろう。だから、そうさせないために、急所を押さえに来たのだ。

一馬はテーブルについた手に顔を埋め、腕で口を塞《ふさ》ぐ。神宮に翻弄《ほんろう》され感じている声など聞かせたくない。神宮にはバレバレだろうが、これは一馬の意地だ。

「まだ余裕があるみたいだな」

気に入らないと言いたげな口調で、神宮が両手を動かし始める。

「んっ……くぅ……」

前と後ろを同時に刺激され、押し殺しても声が漏れ出る。屹立を扱く手は激しさを増し、後孔に埋められた三本の指も、それぞれ違う動きをして一馬を苛む。

もう力が入らない。足も震え始めた。上半身はテーブルに体を倒しているから大丈夫だが、下半身は膝《ひざ》を立てているのがやっとの状態だった。

一馬はもう限界にまで追い詰められていた。達することしか考えられない。刺激は充分にある。あと少しでイける。だが、その寸前《すんぜん》で、神宮の手が止まった。

「あ……」

中から指が引き抜かれ、喪失感《そうしつかん》に無意識に声が出る。だが、すぐにそれは別のもので埋《う》められた。

後孔に熱い昂《たかぶ》りが押し当てられ、身構える間もなく、突き立てられる。

「ああっ……」

一気に奥まで押し入られ、一馬は背を仰け反らせて声を上げる。

さんざん解され、焦らされたおかげで、痛みも圧迫感もなかった。あるのは前を擦ることでは得られない激しい快感だけだ。

みっちりと押し込められた神宮の屹立は、肉壁全体を擦り上げていく。もちろん、前立腺もだ。指のときのような繊細《せんさい》な動きはないものの、代わりに押しつけられる熱が一馬をおかしくさせた。

「やっ……はぁ……っ……」

揺さぶられるたびに、一馬の口から声が溢れ出る。一馬はテーブルの縁《ふち》を掴んで、揺れる体を支えた。けれど、そうしたことで体が逃げなくなり、より奥へ打ち付けられることになってしまった。

神宮は前を握っていた手を離し、両手で一馬の腰を掴んだ。

「はぁっ……」

奥深くまで突き入れられ、熱い息が押し出される。

一馬の動きが止まった。吐き出した分だけ息を吸いたいのに、それができない。呼吸をすることさえ封じられる。入ってはいけないところまで屹立を埋められたせいだ。全身が震え、冷《ひ》や汗《あせ》が噴《ふ》き出てくる。

一馬の反応を見て気遣《きづか》ったのか、神宮がすぐに腰を引いた。

「んっ……ふぅ……」

中の屹立がゆっくりと引き抜かれたことで、自然と緊張《きんちょう》が解れ、強《こわ》ばった体から力が抜ける。

けれど、安堵《あんど》したのは一瞬だった。

「ひ……ああっ……」

再び最奥を突かれ、テーブルを抱えるように抱きついた。そうしなければ、衝撃《しょうげき》に耐《た》えきれなかった。

「すぐに慣れる」

無情なことを言い放ち、呼吸を奪われるその動きを神宮は繰り返した。

最奥まで突き入れてから、次は抜ける寸前まで腰を引く。その大きなストロークが、徐々に一馬を変えていった。

「はぁ……っ……」

何度目かの打ち付けの後、明らかに一馬の声の響《ひび》きが変わった。衝撃しかなかった最奥を突かれることに、一馬の体は快感を拾い始めていた。

一馬の声音が変われば、神宮の動きも速くなる。神宮にも余裕などとっくになくなっていたのだろう。それでも一馬が快感を得るまで待っていた。

パンパンと双丘に腰を打ち付ける音がリズムよく響き、それに合わせて、二人の動きでテーブルがガタガタと揺れている。

一馬はもう限界だった。できるなら、先走りを零す屹立に自分で刺激を与えて達したい。だが、両手はテーブルを掴むために塞《ふさ》がっている。

「じ……神宮っ……」

どうにかしてほしいと一馬は訴える。

「先にイかせてやる」

神宮も余裕のなさそうな声でそう言うと、一馬の腰から片方の手を離し、屹立へ回した。

「あ……ああっ……」

とっくに限界を迎《むか》えていたそこは、軽く撫でられただけで迸《ほとばし》りを解き放つ。解放感に全身から力が抜けるが、まだ終わりでなかった。

神宮は改めて一馬の腰を抱え直した。一馬だけ先にイかせたのは、神宮が自分のペースで楽しむためで、すぐに終わるつもりなどなかった。

脱力した一馬の体に、神宮は深いストロークを数回続けた。また快感を揺り起こされそうな気配はあるものの、さっきの強すぎた刺激でイかされた体は、すぐに反応できるほどに回復できていなかった。

「出すぞ」

神宮が腰を引いたところで動きを止め、一馬に向けて言い放つ。同意を求めていないことはわかっていたが、止めずにはいられなかった。

「待っ……あ……」

制止しようとした言葉は、奥まで突かれたことで熱い息に変わった。奥深くに精を放たれ、その熱さに一馬は体を震わせる。

さんざん一馬の体を好き勝手にして満足したのか、神宮は深い息を吐いてから、萎えた自身をゆっくりと引き抜いた。

ようやく体の中から異物が消えた。呼吸ができていなかったわけではないが、やっとちゃんと息が吸《す》える。一馬は大きく深呼吸《しんこきゅう》をした。

背後に神宮の気配はまだあり、こんな危ない格好を晒してはいられない。まだ体に力が入らないから、テーブルを伝いつつ、上半身を起こして、床に腰を下ろした。濡れた肌が直接床に着いてしまうが、悪いのは神宮だ。

「シャワーに行かないのか？」

一馬の背中に神宮が惚《ほう》けた問いかけをする。それを邪魔《じゃま》した奴が何を言っているのだと、一馬は振り返った。

「お前、ふざけんなよ」

神宮を睨み付けながら、掠《かす》れた声で抗議《こうぎ》する。

「何が？」

既に身なりを整えた神宮が、わかっているくせに素知《そし》らぬ顔で問いかけてくる。

「お前が邪魔したから、行けなかったんだろ」

「それは悪かった。どうぞ、行ってくれ」

神宮は右手でバスルームの方角を示して、一馬を促す。

できるならしている。だが、立てないのだ。こうして上半身を起こしているだけでも、中から零れ出てきそうになっていた。体を動かさないことでどうにか堪えている状況だった。

「お前が……中で出したから動けないんだよ」

「ああ、それで怒ってるのか。抱いたことかと思ってた」

「それは言うまでもねえよ」

とぼける神宮に一馬の怒りは治まらない。

一馬が抱かれるより抱きたい側であることは、神宮も充分に理解していて、その上でだまし討《う》ちのようにして一馬を抱くのだ。そこに不満がないはずがない。それは大前提《だいぜんてい》として、さらに嫌なのが、中で射精《しゃせい》されることだ。

中に出されると、それを処理《しょり》する必要がある。だが、一馬は自分ではできないから、神宮の手を借りざるを得なくなる。そんな場所を神宮に任せるだけでも屈辱《くつじょく》なのに、神宮が洗うだけで済ませるはずもない。それが容易に想像できるから嫌なのだ。

「だが、もう出してしまったからな」

神宮がニヤリと笑って一馬を見つめる。そして、一馬の内心を見透《みす》かしたような台詞《せりふ》を口にした。

「さあ、シャワーに行こうか」

ソファから立ち上がった神宮が、座ったままの一馬に手を差し伸べてくる。

手を払《はら》いのけたかった。神宮の手など借りたくない。けれど、体内に残る痕跡《こんせき》を消し去ることができるのは、神宮だけだ。

嫌なのに神宮の申し出を拒《こば》むことができない。それが悔《くや》しくて、せめてもの抵抗で、一馬は神宮を睨み付けながら立ち上がった。

2

翌日、一馬は警視庁捜査一課《けいしちょうそうさいっか》に足を運んだ。昨日のニュースの松下の事件を担当している所轄《しょかつ》に行こうかとも考えたのだが、そこに知り合いがいなければ、すんなりと話をきけないかもしれないし、それならもっと簡単に情報を得られる方法がある。

「あ、いた」

一課に入ってすぐ、一馬は目当ての人物を見つけて声を上げた。その声が聞こえたのか、

「またお前か」

呆れ顔の本条直之《ほんじょうなおゆき》が近づいてくる。

本条は捜査一課所属《しょぞく》の刑事だ。年は一回りほど上で、刑事としてのキャリアも一馬より遙《はる》かに長い。捜査一課のエースともいえる存在で、一馬が刑事として認める数少ない先輩《せんぱい》だ。だから、知り合って以降、何かあれば本条に頼るようになっていた。もちろん、今日の捜査一課訪問も本条が目当てだ。

「本条さんがいてくれてラッキーだったな」

「俺に用なら先に電話でもして来い」

「いなかったら隣《となり》に行くつもりだったんで」

本庁《ほんちょう》の隣には神宮が勤務する科学捜査研究所《かがくそうさけんきゅうじょ》がある。だから、無駄足《むだあし》にはならないと一馬は

答える。

「なるほどね。まあいい。ちょっと出よう」

一課内で立ち話は他の刑事の目に触れるからだろう。同じ刑事でも一馬は部外者だ。本条が軽く一馬を促《うなが》し、廊下《ろうか》に出た。

「それで、俺に何の用だ？」

廊下を明るくしている窓に近づき、そこで足を止めてから本条が尋ねる。

「昨日、高校教師が死体で発見された事件について教えてくれません？」

「お前な」

悪びれずに答えた一馬に、本条が苦笑する。

「俺が全ての事件を知ってると思うなよ」

「でも、知ってますよね？」

確信を持って問いかけると、本条は諦めたように溜息を吐いた。

「知ってるよ。その事件なら捜査資料に目を通してる」

この本条の口ぶりからすると、松下の事件は捜査を担当してはいないようだ。それなのに事件を把握《はあく》しているのが本条らしい。

「腹部を刺された状態で発見されたってのはニュースで聞いたんですけど、殺人だと判断されなかったのはどうしてなんですか？」

まずは一番の疑問点を一馬は本条に投げかけた。

「それは自分でも刺せる包丁《ほうちょう》の入り方だったからだ」

そう言って、本条は胸ポケットからボールペンを取り出し、それを包丁に見立てて自らの腹を刺す真似《まね》をした。

「自分で腹を刺すなら、そうなりますよね」

「ああ。それに包丁にはこの握ったとおりの本人の指紋《しもん》しかなかった」

本条の頭には完全に捜査資料が入っているようだ。一馬の問いかけに資料を見ることなく、答えてくれる。

「なのに、自殺と断定できない理由は？」

「所轄は遺書《いしょ》がないのと、睡眠薬《すいみんやく》を飲んでたことが引っかかってるようだな」

「遺書か……」

一馬は瞳を伏《ふ》せ、顎《あご》に手をおいて考えを巡《めぐ》らせる。

自殺の方法として、包丁で腹を刺すという選択《せんたく》はまずしないだろう。相当な覚悟がないと自分で腹は刺せない。それでもその方法を選んだのなら、覚悟の自殺で遺書がありそうなものだ。所轄はそう考えたのだろう。

「睡眠薬は痛みを誤魔化《ごまか》すためと考えられるけど……」

「まあ、自殺ならそのために飲んだんだろうが、部屋には大量の睡眠薬が残ってた」

「大量に？」

「ああ。いくつかの病院をはしごして手に入れたようだ。それは調べがついてる」

本条の答えを聞けば、ますます疑問が募《つの》る。睡眠薬が大量にあるなら、それを飲めばよかった。自殺であるならばだ。

「殺人なら睡眠薬を飲ませて眠らせ、その間に包丁を握らせ刺したってことか」

「所轄はその可能性も考えられる状況だから、まだどちらとも断定していないってわけだ」

「でも、自殺は計画してたんでしょうね。睡眠薬を大量に集める理由なんて他にないし」

一馬の言葉に本条も頷くことで同意する。

「だが、現実は腹に包丁だ」

「それですよね。自殺だとしたら、なんで方法を変えたか……」

一馬は独り言のよう呟き、また考えを巡らせる。そんな一馬に本条が笑いながら言葉を付け加えた。

「まあ、他殺か自殺の判断ができない一番の理由は、玄関ドアの鍵《かぎ》がかかっていなかったからなんだけどな」

「それ、先に言ってくださいよ」

いろいろと考えていたのに、それを帳消《ちょうけ》しにするような情報だ。一馬はムッとして、軽く本条を睨む。

「順番に説明していっただけだ」

本条がふっと笑う。もしかしたら、押しかけてきた一馬に対してのほんの少しの意趣返《いしゅがえ》しだったのかもしれない。

鍵をかけずに自殺を図るのは不自然だ。自殺を邪魔されたくなければ鍵はかけるだろう。そもそも一人暮らしで部屋にいれば、習慣として鍵はかけるはずだ。

自殺なら早く見つけてもらいたかったのか、それとも狂言自殺《きょうげんじさつ》でもしようとしたのか。どちらにせよ、まだ自殺の可能性は捨てきれない。

「鍵がかかっていなかったおかげで、発見が早かった。無断欠勤《むだんけっきん》を心配した学校側が、電話をかけても出ないことから、同僚教師《どうりょうきょうし》に様子を見に行かせたんだ」

「それで、死体を発見したってことですね」

遺体《いたい》発見の経緯《けいい》に不審《ふしん》な点はないが、ふと思いつき、それを口にする。

「その同僚教師は仲が良かったんですか？」

「いや、年が近いってだけで頼まれたそうだ」

つまりは校内に親しい同僚がいなかったということだ。もし、近い距離の同僚がいれば、まずその同僚が電話をかけただろうし、様子を見に行くのにも名乗りを上げたはずだ。

それに……。一馬は記憶がおぼろげながらも、当時の松下を思い起こす。校内で見かけたことがあったから、ラブホテルで遭遇したときにも誰かわかったのだ。だが、校内での記憶が驚くほどにない。それくらい印象の薄い男だった。他の教師と親しければ、その教師繋《つな》がりでもう少し記憶に残っていただろう。もしかしたら、当時から職場での付き合いをしないタイプだったのかもしれない。

「じゃ、自殺しそうな動機なんかも見つかってない？」

「ないな、今のところは。何しろ、個人的に付き合いのある同僚がいなかった。今は交友関係の洗い出しをしてるところだ」

自殺にしろ殺人にしろ、動機がわかれば捜査が進む。行きずりの犯行《はんこう》でないのは、その死に方で明らかなのだ。

「それで、お前はどうしてこの事件を気にかけてる？」

さんざん情報をくれた後に、本条はようやくその質問を投げかけてきた。

「同じ高校だったんですよ」

一馬の答えに本条は目を伏《ふ》せ、何か考えているような表情をした。

「同級生じゃなくて、教師と生徒か……」

本条は脳内で松下の年齢を思い出していたようだ。一人で納得したように呟いた。

「聞いたことのある名前を耳にしたら、気になるじゃないっすか」

「気になるだけで済ませないのがお前だろ」

本条が目を細め、一馬を見つめる。

これまでの一馬の行動を知っている本条はごまかせない。こうして、話を聞きに来た段階で、既に自分からバラしているようなものだ。

「納得できたらやめますよ」

一馬はニヤッと笑ってみせる。事件か自殺かもわからないような状況で、納得できるはずがない。所轄の捜査が進んで結果が出ればいいし、そうでなければ自分で調べる。それは一馬にとって当然のことだった。

「ほどほどにしろよ」

本条の忠告がおざなりになったのは、何を言ったところで一馬がやめないことを知っているからだ。

用は済んだ。もう帰っていいのだが、何かいつもと違う気がする。それが何か考えていた一馬に、

「どうした?」

本条が訝《いぶか》しげに尋ねる。

「ああ、そうか。うるさいのがいないんだ」

違和感の正体がわかった。いつも一馬を見つけると『先輩』と大声で言いながら駆《か》け寄ってくる男がいないのだ。

「吉見《よしみ》なら一課長に頼まれてお遣いだ」

名前は出さなかったのに、本条はすぐに誰のことか気づく。

一馬がうるさいと称した吉見潤《よしみじゅん》も、本条と同じ捜査一課の刑事だ。かつては一馬と同じ所轄にいたことがあり、そのときに一馬が指導係だった。そのせいなのか、未だに『先輩』呼びで、過剰《かじょう》に慕《した》ってくる。何もないときなら、ただうるさいだけで済むが、今日のように大事な話をしたいときには邪魔になる。今日はいなくてよかった。

「相変わらず、いいように使われてますね」

「吉見が行くと、角が立たない場所が多いんだよ」

本条が納得の理由を口にする。吉見はキャリア組で、おまけに父親は警察庁《けいさつちょう》の高官《こうかん》だし、叔《お》父《じ》は警視庁副総監《けいしちょうふくそうかん》だ。一課長たちは自分たちでも頭が上がらないような相手には、吉見を差し向けることにしているらしい。

「お偉《えら》いさんたちも、吉見には何も言えないか」

一馬は吉見の邪気《じゃき》のない笑顔を思い出して、くっと喉を鳴らして笑った。好き勝手しすぎるせいではあるが、上司に叱責《しっせき》されることの多い一馬だから、若造《わかぞう》の吉見に何も言えないでいるお偉方の姿を想像すると爽快《そうかい》だった。

「それじゃ、吉見のいないうちに帰りますよ」

「そうしろ。いたことに気づかれても後でうるさい」

この様子では吉見が戻っても、一馬が来たことは黙《だま》っていてもらえそうだ。一馬は本条に礼を言って、早々に一課を後にした。

今、一馬が捜査を担当している事件はなく、そのおかげでこうして自由に動き回れる。呼び出しの電話も入らないから、まだ大丈夫だと、一馬はそのまま足を科捜研に向けた。


科捜研は捜査一課以上に馴染みのある場所だ。数え切れないほど足を運んだ科捜研内を、一馬はまっすぐ神宮のいる部屋を目指して進む。

「お前は暇《ひま》なのか？」

ドアを開けて入ってきた一馬に気づき、神宮は開口一番そう言い放つ。

「今は事件がないだけ。そっちは忙しそうだな」

一馬は自分から視線を外した神宮を見つめる。薄手のゴムの手袋をした神宮は、何かの欠片《かけら》を仕分けしているところだった。

「それなりにな」

神宮は一馬に答えつつ、手元の作業を進める。だが、終わったのか、きりが良かったのか、すぐに一馬に顔を向けた。

「一課で話は聞けたのか？」

まるで見てきたかのように問いかける神宮に、一馬は驚きを隠せない。

「お前、俺に発信器つけてる？　行動を読みすぎてて怖いんだけど」

一馬は自分で自分を抱くようにして、大袈裟《おおげさ》に怖がってみせる。

「お前がわかりやすいだけだ」

神宮の冷たい視線を受けても、それがいつもの神宮だから、一馬は全く気にすることなく、むしろ楽しげに笑う。

「なんだ？」

急に笑顔を見せた一馬に、神宮は訝しげに眉根《まゆね》を寄せる。

「いや、俺がわかりやすいんじゃない。俺への愛故《あいゆえ》だ。だろ？」

一馬は笑みを浮かべたまま得意げに答えた。室内に一馬と神宮しかいないからこそ言える軽口だった。

神宮は笑うどころか呆れ顔になったが、完全に作業をやめてしまうのか、手袋を外して一馬に向き合った。

「それで、どうだった？」

神宮は冗談をさらりと流し、松下の事件について何か得られたのか尋ねてくる。

「ニュースで聞いたことに少しの補足説明をしてもらった程度かな」

「捜査に進展がないってことだな」

「そういうこと。まだ殺人なのか自殺なのかわかってない」

一馬はそう答えてから、本条に教えてもらった情報を付け加える。

「ホテルのことは言わなかったのか？」

一馬がただ同じ高校にいたとだけ本条に教えたことについて、神宮が意外そうに疑問の声を上げる。

「さすがに十年以上も前のことだぞ」

「それでも、交友関係を探るヒントにはならないか？」

神宮は納得できない顔だ。

言いたいこともわからないではない。だが、もしあれが訳ありな関係で、松下が公《おおやけ》にしたくないと思っていたのだとしたら、明らかにすべきではないと一馬は考えていた。まだ殺人事件かどうかもわからないのだ。

「まだ捜査は始まったばかりだ。十年前を調べるより、今を知るべきだろ。それで何も出てこなければ、そのときに伝えるかどうか考える」

「お前がそう言うなら、それでいいだろう。自分が納得できるようにすればいい」

「納得できるようにって、俺が首を突っ込む前提で話してるな」

「もう首を突っ込んでるじゃないか」

一課にまで顔を出したのにと、言葉にはせずとも神宮の顔が物語っていた。

「まあ、そうなんだけど、呼び出しがかからない間だけだ」

刑事という職業柄《しょくぎょうがら》、休みなどあってないようなものだ。そのかわり、事件が起きなければ、こうして動き回ることができる。

「所轄には気を遣えよ」

神宮にしては珍《めずら》しい忠告《ちゅうこく》だ。意外さを隠さずに神宮を見つめると、

「クレームが入ったら、またアレの力を借りることになるからな」

神宮が不愉快《ふゆかい》そうな顔で言った。

「アレ？」

「ああ、アレだ。隣にいなかったのか？」

神宮の表情と『隣』という言葉でわかった。一馬は納得して頷く。

「あ、吉見な。はいはい。そういうことか」

勝手な捜査で所轄から苦情が入った場合に、吉見のコネでそれを大目に見てもらうという手がある。一馬が勤務する品川署の刑事課長は、吉見の叔父である副総監の熱烈《ねつれつ》な信奉者《しんぽうしゃ》だからできることだった。

一馬が自分から吉見に頼んだことはないのだが、結果的に助けられたことはある。神宮としては、一馬を慕っている吉見に借りを作るのが嫌なのだろう。

「大丈夫。所轄とは被《かぶ》んねえよ。俺は地元に行ってくる」

「地元に？」

「明日、ちょうど非番なんだよ。行ってこいって言われてるようなもんだろ」

一馬が高校卒業まで過ごした地元は、都内ではあるが、ここからなら片道二時間はかかる。往復四時間は合間に出かけられる距離ではない。所轄の捜査も、十年以上前の勤務先にまでは及ばないだろう。

「明日なら俺も行けるな」

「マジで言ってる？」

「俺も休みだ」

神宮に言われて、そういえばそうだったと一馬も思い出す。

何かする予定はなくても、休みを揃《そろ》えられるときは揃えておこうと、二人の間で決めたのは今年になってからだ。一馬の休みが予定どおりにならないことは多かったが、それでもそのまま休めるときもあるから、神宮と過ごす時間は増えた。

「車があると便利だろう？」

「そりゃ、そうだけど。わざわざ休みを潰《つぶ》して？　何もないとこだぞ」

一馬は大丈夫なのかと念を押す。何もない上に、遊びに行くわけではないから、神宮には退《たい》屈《くつ》なだけだろう。

「何もなくていい。お前の生まれ育った場所を見てみたいだけだ」

真顔で言われ、一馬は瞬時《しゅんじ》に反応できなかった。

神宮はたまにこういうことをする。一馬への想いをさらりと口にしたり、態度に出したりするのだ。最初の頃は驚いたが、今ではもう慣れてしまった。それでも咄嗟《とっさ》に反応できないのが悔しい。いつもクールな神宮だからこそ、不意の言葉が一馬の胸に刺さり、上手い返しがすぐにできないのだ。

「ホント、お前は俺にベタ惚れだな」

ほんの少し間が空《あ》いたものの、我ながら上手く言い返せたと一馬は笑みを浮かべる。だが、神宮は負けていなかった。

「なんだ、今知ったのか？」

全く動揺《どうよう》もなく、神宮は平然と返す。

完全に一馬の負けだ。知ってはいても言葉にされると違う。煽《あお》られるだけ煽られて、一馬は舌打ちした。

「お前、ここが職場なのを感謝しろよ。家なら押し倒してる」

負け惜しみのような台詞にも、神宮は余裕の笑みを返すだけだった。

3

翌朝、マンションまで迎えに来た神宮の車に一馬は乗り込む。事前連絡はしていないが、夏休み中でも学校が無人になることはないだろうと、まずは神宮と共に一馬の地元にある出身校を目指すことにした。

「しかし、お前も物好きだよな。わざわざ休みを使ってついてくるなんて」

ハンドルを握る一馬は、視線を前に向けたまま、助手席の神宮に話しかける。

神宮も運転には慣れているが、向かうのは一馬の地元だ。土地勘《とちかん》のある一馬が運転するほうが早いと、運転席に座ることになった。

「今まで聞いたことがなかったからな。お前の地元の話」

「わざわざ話すことでもないだろ。二十三区じゃないとはいえ、都内だし」

東京都以外の府県なら、何かのきっかけで話すことがあったかもしれないが、都内では珍しさもないから言うに及ばなかった。話したくなかったわけではないのだと、一馬は苦笑いで神宮に伝える。

「だが、せっかく帰るのに親に会わなくていいのか?」

神宮が気遣いを見せる。一馬がずっと地元に帰っていないのは、深い付き合いの神宮なら知っていることだ。だから地元に行くならついでに寄ればいいと言ってくれていた。

「ああ、それも言ってなかったな。親はどっちももう住んでないんだ」

「転勤か何かか？」

その問いかけに、いやと一馬は首を横に振る。

「俺が高校を卒業してすぐ、親は二人揃って親父の田舎《いなか》に引っ越したんだよ。俺ももう帰る予定はなかったから、そのときに家も売り払ってる」

「そうなると、地元感が薄いな」

「だろ？　だから、卒業以来、一度も行ってないんだ」

生まれ育った場所ではあるが、一馬にとってはもう帰る場所ではなくなった。日常の忙しさに思い出も薄れている。

「なら、行き先は？」

「予定どおり、まっすぐ高校だ」

神宮の質問に一馬は即答《そくとう》した。昨日から決めてあったことで、変更する理由もない。

「高校に行くのはいいんだが、勤務してたのは十年以上前だろう？」

神宮が問いかける。そんな昔の勤務先で得られる情報があるのかと疑問に思っているようだ。

「だからこそだよ。普通の捜査なら、そんな昔の勤務先にまで話を聞きには行かない」

「祓らないと言ってたのはそういうことか」

「所轄の刑事たちが調べられることはそっちに任せるさ」

一馬の言葉に気負いはなかった。

何もかも自分で全て調べようとしていた時期もあったが、それでは時間が足りないし、二度手間になることも多々あった。今は本条という情報源を得たこともあって、何もかも自分でしなくてもいいのだと、割り切れるようになっていた。

「お前も大人になったな」

神宮がしみじみと感心したように言った。

「馬鹿にしてるだろ」

運転中だから、チラッと横目で見るだけしかできなかったが、神宮が微かに笑っているのはわかった。

二時間のドライブも神宮と一緒だから、長くは感じなかった。目的地に到着し、来客用の駐車場に車を停《と》め、十一年ぶりの母校に降り立つ。

「懐《なつ》かしいか？」

隣に並んだ神宮に問われ、一馬は軽く肩を竦《すく》める。懐かしいというほどの感慨《かんがい》はない。ただ久しぶりだと思うだけだ。

記憶は残っていて、一馬は迷うことなく正面玄関から入り、すぐ脇《わき》にある受付のガラス窓を叩《たた》いた。

当時からここの受付は事務室も兼ねていた。ガラスを叩く音で作業をしていた数人が顔を上げ、そのうちの一人、若い女性が席を立って近づいてきた。

一馬はまず警察手帳《けいさつてちょう》をかざして見せる。

「以前、こちらに勤務していた松下恭平さんについてお話を聞きたいのですが……」

女性は事件のことも、松下の名前も聞いたことがないようだ。きょとんとした顔で一馬を見つめる。

「勤務されていたのは何年前でしょう?」

若い女性の背後から、こちらは一馬の母親世代だろう年配の女性が代わりに尋ねてきた。

「十一年から十二年くらい前です」

「わかりました。少々お待ちください」

その当時の話を聞ける教師に心当たりがあるのか、女性は一馬たちに断りを入れ、席に戻ってどこかに電話をかけ始めた。

一馬はその間、事務室に背を向けて立った。神宮も同じように事務室とは反対側に視線を向ける。

「当時から何か変わってるか?」

「いや、そのままだ」

神宮の質問に答えた一馬は、左前方を指さした。

「あっちに生徒の靴箱《くつばこ》がある。生徒用の入り口は別なんだ」

「どの教室だったか、覚えてるか?」

「どうだったかなぁ」

一馬は首を傾《かし》げ、この位置からでは見えない教室を思い浮かべる。

「一年は一階、二年は二階、三年は三階だったたってのは覚えてるんだけど」

「俺のところもそうだった」

「ありがちな配置だよな」

二人でそんな話をしているうちに、待ち時間はすぐに終わった。

一馬たちの正面から中年男性がこちらに向かって歩いてきた。その男の顔を見た瞬間、一馬は表情を和《やわ》らげる。

「後藤《ごとう》センセ、まだいたのかよ」

「河東じゃないか」

呼びかけながら近づいてきた男は、一馬が高校三年生のときの担任だった。当時から若くはなかったが、十一年を経《へ》た結果、白髪《しらが》が増え、横幅が増している。

「まだとはなんだ」

一馬の失礼な態度にも、後藤は気にした様子もなく笑っている。

後藤は高校時代に一馬がもっともよく会話をした教師だ。卒業後の進路についても相談に乗ってもらった。警察官はどうだと一馬に勧《すす》めたのは、この後藤だった。

「お前が刑事になるとはな」

「いやいや、勧めたの後藤先生じゃん」

「今も続けてることに驚いてるんだよ」

そう言いながら一馬を見つめ、後藤は感慨深そうにしている。

高校時代の一馬はあまりいい生徒ではなかった。成績は努力をしていない割りにはよかったほうだが、サボることが多く、それでよく叱《しか》られていた。そんな一馬が真面目《まじめ》に警察官で居続けているのが意外だったのだろう。

「松下先生の話だったな。ここで立ち話にするのもなんだ。会議室に行こう」

後藤に先導され、事務室の前から校舎の中へと進む。

人気はなくても、人の耳が気になる話題だ。今は夏休み真っ最中で、校内に生徒の姿はなく、グラウンドで部活動をしている生徒の声が聞こえてくるぐらいだったが、それでも廊下で立ち話は誰に聞かれてもおかしくない。

一馬の記憶にある職員室の手前で後藤は足を止めた。会議室とプレートがかかった部屋の引き戸を開ける。

講義室のような内装だ。正面に黒板と教壇《きょうだん》と机《つくえ》があり、それと向き合うように二人用の長テーブルが二列に並んでいる。

「ここに入ったの初めてだな」

「生徒が入るところじゃないから当然だ」

後藤は最前列の席に座り、そのすぐ後ろの席を一馬と神宮に勧める。

「松下先生は残念だったな」

一馬たちが腰を下ろすのを待ちかねたように、後藤が話を切り出してきた。

「事件のこと、知ってたんだ？」

「やっぱり事件なのか？　ニュースでは事件とも自殺とも断定してなかったが……」

後藤も一馬と同じで、ニュース番組を見て知ったようだ。それ以降、新たなニュースは出ていないから、気になっていたのだろう。

「まだなんとも言えない。だから、話を聞きに来たんだ」

「とは言ってもなぁ」

後藤は腕を組んで眉根を寄せる。

「十年以上前だし、覚えてない？」

「いや、元々たいしたことは知らないんだよ」

そう前置きしつつも、後藤は知っている限りの話を始めた。

「松下先生はお前が二年になるときに、この学校に新任教師として赴任《ふにん》してきて、お前が卒業した翌年には転任してる。三年しか一緒じゃなかったんだ」

「しかじゃなくて、三年もじゃねえの？」

とても年上の教師に対する話し方ではないが、昔からこうだったから、もう後藤も諦めているのだろう。注意をしないどころか、気にもしていないようだ。

「お前みたいな奴ならな」

「なんだよ、お前みたいな奴って」

一馬がムッとして言い返すと、隣で神宮が小さく笑うのがわかった。後藤と会ってから、神宮はずっと沈黙《ちんもく》を守っている。一馬の聞き込みに口を挟《はさ》むつもりはないようだ。

「お前みたいに派手《はで》で目立つ奴は、嫌でも目に入るし、情報も入ってくる。三年もあれば、そりゃ、いろいろと知ってるよ。だが、松下先生はなぁ、……おとなしい人だったから」

派手の反対は地味。褒《ほ》め言葉にはならないからか、後藤は言葉を選んで、別の表現に置き換えた。

「それに、壁《かべ》を作ってるところがあってな。話しかけても、一言返ってきて、それで終わりってことが多かった」

当時を思い出しながら話す後藤に、一馬も当時を振り返り頷く。

「ああ、そんな雰囲気《ふんいき》あったわ。俺も会話なんてしたことないよ」

後藤のように話しかけやすい教師もいれば、松下のようにその対極の教師もいる。一馬は当時から物怖《ものお》じしないタイプで、教師相手でも気にせず話をしていた。だが、元々、接点がなかったことに加えて、話しかけるなという雰囲気を全身から発していた松下には、わざわざ話しかけに行ったことはなかった。

「俺は同僚だから、さすがに会話をしたことがないとは言わないが、業務上の会話だけだな。だから、参考になるような話は何もないぞ。プライベートなことなんて、どこに住んでるのかさえ知らなかったくらいだ」

「じゃあさ、親しいとまではいかなくも、比較的《ひかくてき》よく話してたって先生はいない？」

「どうだったかなぁ」

後藤は腕を組んで唸《うな》る。懸命《けんめい》に思い出そうとしてくれているのは、元同僚の死の真相を知りたいからなのか、供養《くよう》のためなのか。情に厚い後藤は後者のような気がする。

「皆、俺と同じようなもんだった気がするぞ」

「マジか」

ここまで来て収穫なしかと、一馬は肩を落とす。それを見かねたのか、

「教師よりも生徒の中で探したらどうだ？　俺よりよほど年が近いんだ」

後藤が思いがけない提案をしてきた。

「そっか。その線もあるな」

一馬がかつて後藤とよく話していたように、教師と生徒でも親しくなる可能性はある。そのことを完全に失念《しつねん》していた。

「お前と同じクラスだった森山《もりやま》は、こっちに残ってるぞ。親の跡《あと》を継ぐべく修行中だ」

「あ、森山工務店」

一馬があげた名前に、後藤がそうだと頷く。

名前を聞いてすぐに思い出せたのは、森山はクラスでも親しいほうだったからだ。実家が工務店だというのも、そのときに聞いて知っていた。けれど、そんな森山とも卒業以来、一度も会っていない。

後藤から森山の住所を教えてもらった後、

「センセ、少し校舎を見て回っていい？」

そう後藤に頼んだ。

捜査のためとはいえ、片道に二時間かけてやってきたのだ。このまま帰るだけではもったいない気がした。

一馬の頼み事に、後藤は意外そうな顔を見せる。

「なんだ、お前でも郷愁《きょうしゅう》に浸《ひた》りたいのか？」

「お前でもって気になるけど、懐かしいじゃん」

「まあ、懐かしいよな。いいぞ、授業もしてないから、好きに見て回れ」

許可は得られた。後藤に礼を言って会議室を出ると、一馬は早速《さっそく》、神宮を案内して校舎を見て回った。

「俺の教室、どこだったたっけなぁ」

神宮に教えようと思ったが、肝心《かんじん》の一馬が思い出せない。見れば思い出せるかと一年生の教室の並びを順に辿っていく。

「お前がここに通ってたんだな」

試しに入ってみた教室の中で、机に触れながら、神宮がしみじみとした口調で呟《つぶや》く。

「高校生の頃のお前を見てみたかったな」

「同じ高校だったら、絶対に仲良くなってなかったぞ」

一馬は笑いながら言い切った。今でこそ、こんな関係になったが、高校生の頃なら、正反対のタイプの神宮には近づくこともなかっただろう。

「どうかな」

神宮は一馬の意見をやんわりと否定する。

「案外、高校生のお前となら上手くやれたかもしれない」

「どうしてそう思う?」

「さっき後藤先生と話しているとき、お前、幼くなってたぞ」

「幼く?　そうだっけ?」

何かを変えた覚えはないから、一馬は首を傾げるしかない。

「相手もそうだし、場所も母校だ。気持ちが高校生に戻ったんだろう。あんなに幼かったなら、簡単に丸め込める」

神宮の言う上手くやれるは、随分《ずいぶん》と自分本位のものだった。一馬はムッとして神宮を睨み付ける。

「そのときならお前も高校生だろうが」

「俺はあまり変わってないからな」

「嘘吐《うそつ》けよ」

一馬の抗議を鼻で笑い飛ばした神宮が、教室の窓際《まどぎわ》に近づいていく。

「お前、部活は？」

神宮は窓からグラウンドを見下ろして尋ねる。グラウンドではいくつかの運動部が練習の真っ最中だった。

「陸上部だ。俺のときもあの辺りで練習してたな」

一馬はグラウンドの隅《すみ》の一角を指さして答えた。今もそこでは後輩たちがそれぞれの競技の練習をしている。

「短距離選手だっただろう？」

「なんでわかる？」

一馬は驚いて問い返す。確かに神宮の言うとおり、一馬は短距離専門だった。もっとも真面目に練習していなかったから、何の成績も残していない。

「お前は短期決戦型だからな」

「間違ってないな」

簡単に見抜かれたことに憮然《ぶぜん》とする一馬を見て、神宮がふっと口元を緩《ゆる》めた。ただ一馬に付き合ってここまで来ただけなのに、神宮は何故《なぜ》かずっと楽しそうにしている。

「この後はどうするんだ?」

「さっき教えてもらった同級生のところに行く。平日だから会社にいるだろ」

二人は校内散策を切り上げ、次の目的地に向かうため、校舎を出た。車はすぐ前の駐車場に停めてある。だが、二人が車に到着するより早く、

「せんぱーい」

明るく呼びかける声が聞こえてきた。

ここは高校だ。そんな呼び声がしてもおかしくないのに、そう呼びかけられることが増えたからか、一馬はつい足を止めて振り返ってしまった。

「やっぱり河東先輩だ」

満面《まんめん》の笑みで近づいてきたのは、高校時代の一年後輩《こうはい》、福丸拳太《ふくまるけんた》だった。

卒業以来、一度も会っていないにもかかわらず、すぐに名前を思い出せたのは、それだけ福丸が印象深かったからだ。

「教室から陸上部の練習を見てましたよね?」

「お前もあの中にいたのか?」

グラウンドにいた福丸から見えたのなら、一馬からも見えたはずだが、個人の顔など見ようとしていなかったのもあって、判別できていなかった。

「気づいてくれてなかったんですか？」

「あの距離で気づくわけねえだろ」

一馬が素っ気なく答えると、福丸は拗《す》ねたように唇を尖《とが》らせた。

「俺はときどき後輩の指導に来てるんです」

福丸はそう説明をしてから、一馬に尋ねる。

「それで、先輩はどうしてここに？」

「仕事でな」

「何か事件ですか？」

身を乗り出して尋ねられ、一馬は驚いた。遠目で一馬に気づいただけの福丸が、どうして、一馬が刑事として来ていることを知っているのか。

「だって、先輩が刑事になったの知ってますもん」

一馬の疑問に答える福丸は得意げだ。

「こっちに残ってる陸上部のＯＢで集まるとき、いつも先輩の話が出るんですよ。そのときに先輩が刑事になったって聞きました」

「地元の奴には話してないんだけどな」

「そういうのはどこからか広まるもんなんです」

さっきから福丸を見ていると、ずっと吉見の顔がちらつく。福丸と吉見の外見はまるで似ていない。童顔《どうがん》で小柄《こがら》な吉見に対して、福丸は長身で筋肉質だ。それでも受ける印象が同じに感じた。

一馬はさりげなく隣にいる神宮を横目で窺《うかが》う。

神宮は吉見を毛嫌いしている。それは吉見が一馬を慕っていることを、欠片も隠そうとしていないからだ。そんな吉見と同様、一馬を慕っているとわかる福丸に、神宮が好印象を抱くわけがない。

一馬は福丸のことを、当時も今もただの後輩としてしか見ていない。だが、周りはそうは思っていなかった。やたら一馬にまとわりつき、一馬にだけ露骨《ろこつ》に態度が違う福丸。それは一馬に惚《ほ》れているからではないのかと、部内で噂《うわさ》になるほどだった。

当時、一馬はそれを否定していた。福丸本人から何か言われたことはなかったからだ。けれど、思い返してみると、福丸は噂を肯定もしなかったが否定もしていなかった。噂は正しかったのではないかと、今になって思う。それは神宮と付き合うようになって、男から恋愛感情を向けられることがあると知ったからだ。

今の福丸が一馬をどう思っているのかはわからないが、神宮の前でこれ以上、福丸と親しげに話さないほうがいいだろう。何しろ、神宮の嫉妬深さは桁外《けたはず》れだ。

「お前、松下先生、覚えてるか?」

一馬は表情を引き締め、仕事の顔を作ってから、話を変えた。

「松下先生……」

福丸は首を傾げて思い出そうとしている。そうしなければ思い出せないくらい、印象が薄いのだろう。

「世界史の先生でしたっけ?」

なんとか記憶をひねり出した福丸に対して、一馬は顔を顰める。

「悪い。それは俺が覚えてない」

「教えてもらってないからですよ、きっと。だから覚えてなくて当然です」

福丸が一馬を気遣えば、隣からの視線が痛い。

「で、俺は多分、世界史を教えてもらってたと思うんですけど、でも、あんまり覚えてないです。名前がなんとか思い出せるくらいかなぁ」

福丸の答えを聞いても落胆《らくたん》はない。偶然《ぐうぜん》会ったから尋ねただけで、最初から情報が得られるとは期待していなかった。

「もう一つ、誰か松下先生と親しかった生徒を知らないか?」

「それは全くわかんないです」

即答したのは、松下が世界史担当だったことを引き出すのが精一杯《せいいっぱい》で、それ以上の記憶がなかったからだろう。

「そうか。いや、ついでに聞いただけだ。気にするな」

一馬はそう言ってから、この場を離れる言葉を口にする。

「そろそろ練習に戻れよ。俺たちも他に行くとこがある」

いい加減、神宮から福丸を引き離したほうがいい。福丸が親しげに話すたび、神宮の温度が下がっていく気配がしていた。

「わかりました。その代わり、今度、ＯＢ会に来てくださいね」

「暇だったらな」

ほぼ実現させる気のない返事をして、一馬は神宮を促し、車に乗り込んだ。

今度も運転は一馬だ。森山工務店の場所は教えてもらった住所からわかっている。ナビを入れることなく、一馬は車を走らせる。

「お前はああいうタイプに好かれるんだな」

助手席で神宮がうんざりしたような口調で言った。一馬が連想したくらいだから、神宮もまた吉見を思い出したに違いない。

「そうみたいだな。あいつに会って気づいたよ」

「お前の態度に問題があるんじゃないのか」

冷ややかな神宮の言葉に、一馬は一瞬だけ視線を横に向ける。

「問題ってなんだよ。俺の吉見への態度を見てるだろ。あんなもんだぞ」

「あいつらは雑な扱《あつか》いに愛を感じるタイプかもしれないな」

「気持ち悪いこと言うなよ」

一馬は嫌そうに顔を顰める。自分でも薄々そんな気がしていたから、余計に嫌な気分になる。好かれたいと思っていない相手からの好意は、ありがた迷惑《めいわく》でしかない。

高校から車を走らせること僅《わず》か五分で、『森山工務店』と看板が掲《かか》げられている三階建てのビルが見えてきた。

「一階が事務所で、二階と三階が自宅になってるんだな」

ビルの前にあった駐車場に車を停め、ビルを見上げて一馬は呟く。ビルの二階には外階段から入れるようになっているし、ベランダには洗濯物が干されていた。

「まずは会社に行けばいいな」

平日のかろうじて午前中という時間帯。外から見る限り、工務店も営業中のようだから、森山がいる可能性は高い。

一馬は事務所に入ると、皆、現場に出ているのか、デスクでパソコンに向かっている女性が一人しかいなかった。その女性に声をかけ、警察だということ、森山に話を聞きたいことを伝えた。

女性がどこかに電話をかけると、すぐに外から誰かが走ってくるのがわかった。戸口に立ったままでいたから、外の足音もよく聞こえた。

「警察が来てるって、どういうこと？」

そう言いながら入ってきたのは、一馬の記憶にある顔立ちとさほど変わりのない、同級生の森山だった。

「警察はこっちだ」

一馬が声をかけると、顔を向けた森山は一瞬、驚き、すぐに笑みを浮かべる。

「警察ってお前かよ」

森山も一馬が警視庁に入ったことは知っているから、警察官であることに驚きはなく、あるのは突然現れたことへの驚きだけだったようだ。

森山は来客用のテーブルセットに一馬と神宮を案内する。

「冷たいお茶、用意して」

森山がさっきの女性に声をかける。

「偉そうだな。社長になったのか？」

「まだまだ親父が現役だよ」

十一年のブランクを感じさせない気軽さで、軽口を叩き合う。

「しかし、お前、昔と変わらずイケメンだなぁ。むかつくわ」

嫌そうな顔で指摘《してき》されても、一馬は事実だからと否定も謙遜《けんそん》もしない。それよりもと、向かいの席に座る森山の腹回りに視線を落とす。

「お前は変わったな」

かつては標準体型だったはずが、今は作業服の上からでも腹が出ているのがわかる。

「年取るとこうなってくるのが普通なんだよ」

「まだギリギリ二十代だろ。この先、どうすんだよ」

久しぶりだから、つい本題前の会話が長くなる。そのうちに、一馬たちの前にお茶も届けられた。

「それで、こっちのイケメンは？」

暇だったのか、神宮が真っ先に冷たいお茶の入ったコップを手にした。それで神宮を紹介されていないことに気づいたのか、森山が尋ねる。

「同僚の神宮」

科捜研の所員だと説明するのは面倒だから、一馬は大雑把《おおざっぱ》なくくりで簡潔《かんけつ》に答えた。

「今の警察は顔で採用してるのか」

一馬と神宮の顔を交互に見て、森山は不満そうに呟く。

「そんなわけあるかよ」

「いや、お前が知らないだけかもしれないぞ」

「そんなことはどうでもいいんだよ」

いつまでも軽口を叩き合っていては話が進まない。一馬はようやく本題を切り出そうとした。

「ああ、そうだ。何か聞きたいことがあるんだよな」

森山は松下の事件を知らないようだ。一馬の話を待つその態度に、怪《あや》しさは感じない。

「高校のとき、松下先生っていただろ?」

「ああ、いたな。世界史の若い先生だ」

森山はさっきの福丸とは違い、すぐに松下を思い出せた。何か関わりがあったのだろうか。

一馬はまずそれを尋ねた。

「よく覚えてたな」

「うちの会社、あの高校からの体験学習を受け入れてんだよ。そのときに一度、付き添いでついてきてたからな」

思いがけない接点だ。福丸に聞くよりも松下についての情報が得られるかもしれないと、一馬は微かに期待を抱く。

「松下先生がどうかしたのか?」

「死んだんだよ」

短い言葉でも、森山を驚かせるには充分だった。森山は目を見開き、言葉がすぐに出せないでいる。

「まだ自殺なのか事件なのかわかってないんだ。それを俺は調べてる」

　一馬が捜査を担当していないことは、ここでは言わなくてもいいだろう。一馬がテーブルに身を乗り出すと、森山が困惑《こんわく》した顔で頭を掻く。

「役には立ってやりたいんだけど、捜査のヒントになるようなことなんて、俺は何も知らないぞ？　担任でもなかったし、部活の顧問《こもん》でもなかったし」

「何部の顧問だった？」

　森山の言葉で気がついた。さっき、学校で話をきいたときには部活のことは出なかった。もっとも一馬の頭からも抜け落ちていて尋ねようともしていなかった。

「何部だったかなぁ。運動部ではなかったと思うけど……」

　森山は考える素振《そぶ》りを見せた後、あっと声を上げた。

「写真部だったかも」

「うちの学校に写真部なんてあったっけ？」

「あったんだよ。まあ実質、帰宅部だったけど」

　そう言ってから、森山は何故思い出したのか、その理由を話した。

「その写真部にいた丘野《おかの》とよく話してたから、多分、そうなんじゃないかなって思っただけなんだけどさ」

「丘野……丘野……」

　森山がすぐに名前が出たのだ。一馬の記憶にあってもおかしくなさそうだが、全く顔が出てこない。

「しょうがねえな。ちょっと待ってろ。卒業アルバムを持ってくる」

森山は再び外へと出て行った。やはりこの事務所の上が自宅だったようだ。だから、五分とかからず戻ってきた。

元の椅子《いす》に座って、森山は手にしていたアルバムをテーブルに広げる。そして、ページを数枚めくった後、卒業生の写真が並んだ中の一人を指さした。

「丘野はこれな。隣のクラスだ」

「ああ、こいつか。いたな」

顔と名前の漢字で一馬はようやく思い出した。音の響きだけではピンとこなかったが、『丘野』という字面でわかった。だが、おそらく三年間一度も同じクラスにならなかったし、接点もなかった。こうしてアルバムを見ても、丘野との思い出は何も出ない。

「で、写真部は……」

森山はさらにページをめくる。各クラスの写真の後に、部活動紹介のページが続く。

「ほら、やっぱり写真部の顧問だったんだよ」

森山が再び指さした先には、写真部の集合写真があった。ほぼ覚えのない生徒たちの中に、さっき思い出したばかりの丘野と、スーツ姿の松下が同じ写真の中に収まっている。

「丘野に話を聞けば、もっと何かわかるか」

「そりゃ、俺よりもな」

一馬の呟きに森山が同意する。

「丘野に話を聞きたいな。今、どこで何してるか知ってるか?」

森山が知っていればラッキーくらいの気持ちだった。知らなければ、また高校に戻ればいい。

そう思って尋ねたのに、森山は返事をするより先に呆れ顔を返してきた。

「なんだよ、その顔は」

「いや、そうだよな。名前を聞いてもわからないんだ。知ってるわけないか」

森山は一人で納得して頷く。

「あいつ、今、芸人《げいにん》やってんだよ。お笑い芸人」

あまりにも予想外の言葉に、一馬は驚きを隠せない。

「マジで?」

「マジで。トリオでコントやってるんだ。最近、テレビで見るようになってきたよ」

「あいつ、そんなに目立つ奴だったか?」

かろうじて顔と名前が一致するくらいの相手だ。当然、どんな性格だったのかも知らない。

お笑い芸人になるくらいだから、面白い奴なのだろうが、そんな話は当時の一馬の耳に入ってこなかったように思う。

「そりゃ、学年イチ、目立ってたお前と比べりゃ、誰も目立ってねえよ」

「コイツ、そんなに目立ってたのか?」

黙っていられないとばかりに、隣からようやく神宮が口を開いた。

「聞きたい? コイツの昔話」

森山も楽しそうに神宮に向けて身を乗り出す。二人は初対面だが、一馬を通して、昔なじみのような気になったのか、どちらも気安い口調になっている。

「まずは昔の一馬から……」

そう言いながら、森山は再びアルバムをめくる。

「若いな」

森山が指さした写真を見て、神宮が感想を漏らす。

「当たり前だ。十代だぞ」

一馬も随分と久しぶりにこの写真を見た。

懐かしい自身の姿が妙《みょう》に照れくさい。自分ではそんなに年を取ったつもりはなくても、この写真と比べると、やはり十一年の年月を感じる。

「アルバムの写真でもイケメンに写るとか、卑怯《ひきょう》すぎんだろ」

一馬の写真を見ながら、森山が不満を口にする。

「確かに、イケメンだな」

珍しく神宮が素直に一馬を褒めた。

河東　一馬

「こんな顔だったから、女子にキャーキャー言われるし、こいつがまた、そのあしらいが上手くてさ。アイドル的存在だった」

「アイドルねえ」

神宮の冷ややかな視線が痛い。実際、人生で一番モテていたのが高校時代なのだが、それは神宮に教えて欲しくなかった情報だ。

「アイドルは言いすぎだ」

一馬はさりげなく訂正《ていせい》しつつ、森山にこれ以上話すなと目配せする。

「いい話を聞けたよ。とりあえず、丘野に話を聞いてみるわ」

欲しかった情報は得られた。神宮と一緒でなければ、もう少し滞在《たいざい》してもよかったが、森山が余計なことを言い出す前に立ち去るのがいいだろう。

「今度は仕事関係なく、こっち来いよ。飲もうぜ」

「ああ、そうだな」

一馬はあえて曖昧な返事しかしなかった。こうして会えば懐かしさはこみ上げてくるが、それだけだ。卒業以来、一度も会わなかったのは、それまでの関係だったということだ。薄情《はくじょう》なようだが、それが本音《ほんね》だった。だから約束できなかった。

もし、一馬が一般的な会社員だったなら、もしかしたら、会おうと思ったかもしれない。だが、休みなどあってないような刑事をしている今、貴重な休みをただ過去を懐かしむためには使いたくなかった。

　森山に礼を言って別れ、二人で車に乗り込む。

「俺も丘野という芸人は知らないんだが、桂木に連絡を取るか？」

　二人きりになった途端、神宮が桂木暁生の名前を出した。神宮の元彼だが、現在は一馬も含め、いい友人関係を築いている。その桂木はテレビ局に勤めていて、しかも敏腕《びんわん》プロデューサーとして有名らしい。

「それが手っ取り早いだろうな。テレビにも出てるって言ってたし」

　神宮の言葉に一馬も頷く。一馬が一から調べるよりも、桂木に聞けばすぐに連絡がつくはずだ。桂木はドラマ制作班《せいさくはん》だと言っていたが、それでも桁外れに顔の広い桂木なら、なんとでもしてくれるだろう。

「今、連絡しておくか？」

「いや、今日はもういいかな」

　一馬はそう言ってから、車を走らせ始める。

　道を知っている一馬に対して、神宮は今日初めて来た街だ。それでも神宮は十分もしないうちに気づいた。

「まっすぐ帰るんじゃないのか？」

　車が都心に向かっていないことに、神宮が不思議《ふしぎ》そうに尋ねた。

「せっかくここまで来たんだ。ちょっと寄り道な」

一馬は答えをぼやかし、ニヤッと笑う。

「お前の好きにすればいい。どうせ、今日は休みだ」

一馬が楽しそうにしているからか、神宮はシートに背中を預《あず》けた。行き先を気にしない、一馬に任せると態度で示している。

生まれたときから高校卒業するまで暮らしていた街だ。街並みに少しの変化はあっても、道に迷《まよ》うことはない。そうして、一馬は車を走らせ続け、この辺りで一番高い山の頂上で、車を道路脇の空き地に停めた。

「着いたぞ」

「なんで、こんなところに？」

助手席の窓から顔を出して周りを見回してから、神宮は疑問を口にした。

山の頂上というだけで何もないところだ。特別高い山でもなければ、観光地でもないから展《てん》望台《ぼうだい》などあるはずもない。この山を通り越して、その先に進むための、ただの通過点でしかなかった。

「ここ、デートコースなんだよ」

「こんな何もないところがか？」

神宮は信じられないと言いたげな表情だ。何も知らずに連れてこられれば、こういう反応になるのも無理はない。

「ま、夜の話なんだけど」

「ああ、夜景か」

祭しのいい神宮はすぐに理解した。さして高くないとはいえ、山頂からなら街を見下ろせる。神宮の視線は真昼の街並みに注がれていた。

「お前もよく来たのか？」

「いや、初めてだな」

即答した一馬に、神宮が疑いの目を向ける。デートコースだと案内しておきながら、来たことがないとは信じられないらしい。

「冷静に考えろ。俺は高校までしか、ここにいなかったんだぞ。そのころの移動手段なんて自転車しかないっての」

「自転車で山登りか。なかなかのデートだな」

神宮がくっと喉を鳴らして笑う。

「だろ？　ここが穴場だって聞いてはいたんだ。だから、もう来ることもないかもしれないし、一度くらい見ておくかってな」

一馬はハンドルに乗せた腕に顎《あご》を置き、前方に広がる景色を見つめる。

多分、ここに来ることはもう二度とないだろう。神宮と一緒でなければ、もっと寂寥感《せきりょうかん》があったかもしれない。だが、隣に神宮がいるだけで、新しい思い出になる。

「こうも明るいとムードも何もないな」

「夜景があってこそのデートコースだろう」

そうは言いながらも、神宮は楽しそうに笑っている。

他に車はなく、前進で空き地に車を停めたから、道路から車内の一馬たちは見えない。正面は眼下に広がる街並みだけ。そうなると一馬が動かない理由はない。

「おかげで他に誰もいない」

そう言って、一馬はシートベルトを外し、助手席に向けて身を乗り出す。

「地元で思い出を作っておきたいって?」

笑う神宮は一馬が近づくと、顔を横に向けて待ち構えた。

唇が触れ合う瞬間に一馬は目を閉じた。触れるだけのキスでは到底《とうてい》、満足できない。すぐに神宮の唇をこじ開ける。

「……っ……」

神宮の体がピクリと動き、一馬の肩を摑む。

押し込めようとした一馬の舌を神宮の舌が押し返した。嫌がっているのではなく、迎え撃《むかう》つといったふうに神宮が舌を絡めてくる。

車中だとはいえ、隣に車を並べられると見えてしまう。名残惜《なごりお》しいがこれ以上すると、もっと欲しくなってしまうから、やめるしかない。

一馬はゆっくりと体を起こし、運転席に戻った。

「これで思い出はできたのか？」

「ああ。地元の、じゃなくて、お前との思い出がな」

ニヤリと笑って言った一馬に向けた神宮の笑顔は、もう一度、顔を近付けてしまうほど艶《つや》めいていた。

4

一馬《かずま》の地元に行ったのは、もう三日も前だ。それなのに、一馬は未《いま》だに丘野《おかの》には会っていなかった。一馬の勤務する品川署管内《しながわしょかんない》で強盗事件《ごうとうじけん》が発生し、その捜査《そうさ》に当たっているからだ。とてもじゃないが、担当外の事件を捜査する余裕はない。

「神宮《じんぐう》、できてるか？」

一馬はいつものように科捜研《かそうけん》に行くと、真っ先に神宮の部屋を訪れた。今日は顔を見に来たわけではなく、本来の仕事だ。

「優先したわけじゃないが、できてるぞ」

不本意そうに答えた神宮が、書類を突き出してくる。いつもどの鑑定《かんてい》よりも早く、一馬の依頼《いらい》を優先してくれと言っているから、それに応えたと思われたくないようだ。

一馬はその場で鑑定結果に目を通していく。

「忙《いそが》しそうだな」

「そりゃ、全然進展がないからな」

一馬は顔を上げずに答える。強盗事件はまだ犯人の目星もついていない。こうして科捜研に持ち込んだ遺留品《いりゅうひん》から、何か手がかりを得ようと鑑定を急《せ》かせるほどだ。

「今日の午前中、本条《ほんじょう》さんがここに来た」

「おう、捜査だろ？」

一馬はさして気にもとめずに相づちを打つ。本条は捜査一課《そうさいっか》の刑事《けいじ》なのだから、科捜研に来ることも珍《めずら》しくない。

「そのときに、松下恭平《まつしたきょうへい》の事件について教えられた」

「なんで、お前に？」

まさか神宮から聞かされるとは思わなかった名前に、一馬はようやく顔を上げる。

「どうせお前がここに来るからだ。ついでに教えておいてくれということだろう」

「わざわざここに来なくても、俺に電話してくれればいいのに」

「お前が続報を聞きに来ないから、そこまでしなくてもいいと思ったんだろう。俺に話していったのも、ここに来るついでだったからだ」

「なるほどね。で？」

些細《ささい》な疑問が解決したところで、一馬は先を促《うなが》す。せっかく教えてくれたのだ。それを聞かない理由はない。

「他殺か自殺か、まだ判断しかねているらしい」

「マジかよ。捜査に進展がないってことじゃねえか」

捜査担当の所轄《しょかつ》は何をしているのだと、憤《いきどお》りから一馬の言葉が荒《あら》くなる。

「全く進展してないってことはないようだぞ」

「何がわかった？」

「家族とも関係が希薄《きはく》で、職場にも親しい同僚がいない。自宅を捜索《そうさく》しても、スマホを調べてみても、付き合いのある友人が見つからなかった」

「一人も？」

驚《おどろ》きを隠せない一馬に、神宮は頷《うなず》いてそうだと答える。

「にもかかわらず、松下の部屋には松下本人以外に、同一人物の指紋《しもん》がいたるところに付着していたそうだ」

松下は独身の一人暮らしだったはずだ。指紋がそこまでつくのなら、同棲《どうせい》していたのか、それとも足繁《あししげ》く通う誰かがいたと考えられるのに、捜査で親しい人間が見つかっていないのは、明らかに不自然だった。

「念のため、スマホのアドレス帳に登録されている全員と指紋を照合したが、誰とも一致しなかったそうだ」

「それはまた怪《あや》しさ満点だな」

部屋に出入りを許す人間の痕跡《こんせき》がスマホにないとは考えられない。誰かがスマホから消したのか、もしくは松下本人に消させるような何かがあったのか。

所轄はおそらく自殺ではなく、他殺で捜査を進めているだろう。この状況《じょうきょう》なら一馬でもそうする。

「今はマンションの防犯《ぼうはん》カメラの映像から、該当者《がいとうしゃ》が割り出せないか調べているところらしいぞ」

「防犯カメラがあったのか」

それなら犯行時刻《はんこうじこく》の人の出入りで、容疑者《ようぎしゃ》が絞《しぼ》れるのではないかと思ったが、神宮はそれを否定《ひてい》した。

「カメラは正面玄関に一つだけで、そこには死亡推定時刻《しぼうすいていじこく》前後に怪しい人物は映っていなかった。ゴミ捨て場へ出る裏口からも外に出られるから、事件《じけん》だとして犯人《はんにん》がいるなら、そこから出たんだろうってことだ」

「そんな抜け道があるなら、防犯カメラの役目が果たせてないだろ？」

「一応、そこは住人しか使わないことにはなってるらしい。外に出るには遠回りになるからだろう」

つまりは、そのことを知っている人物なら、カメラに映らずに出入りできるということだ。

「ただ、該当者《がいとうしゃ》の割り出しに時間がかかっているらしい。総戸数四十ほどあるようだから」

「住人だけじゃなく、出入りした人間がどこの住人の関係者かも調べていかなきゃならないんだ。時間も手間もかかるだろうな」

それを想像して一馬は顔を顰《しか》める。一馬のあまり好きではない地道な捜査だ。

「元同級生の話は参考にならないか？」

「ああ、丘野な」

一馬はすぐに神宮が何を言わんとしているのか察した。松下と親しかった可能性のある丘野の話が、捜査を進展させるヒントになるかもしれないと言いたいのだろう。未《いま》だに松下のプライベートが摑《つか》めていない状況《じょうきょう》だから、過去の話でも参考になりそうだ。

「桂木《かつらぎ》はいつでも丘野に会わせると言ってたぞ」

「なんだ。聞いてくれてたのか」

「あっちから電話があったからついでにな」

聞けば、飲みに誘《さそ》いたいからと、一馬が忙しいかどうかの確認の電話が桂木から神宮にかかってきたのだという。

「お前のことだから、『ついでに』丘野がどんな奴かも聞いてくれたんだろ？」

「『ついでに』聞いたんだが、丘野はまだ売れっ子ってほどではないらしい。テレビ番組の出演は今年になって増えてきていると言っていた」

「今は大事な時期ってわけだ。刑事が話を聞きに行くのは、印象が悪くなるか」

昔の話を聞きたいだけで、大袈裟《おおげさ》にはしたくない。親しくなかったとはいえ、元同級生が頑張っているのを邪魔《じゃま》するつもりはなかった。

「大丈夫だろ。お前は刑事に見えない。それに、桂木はいつでも場を作ると言ってたぞ」

「あいつ、ドラマ班《はん》だろ？　なんで芸人《げいにん》にまで顔が利《き》くんだよ」

「最近は芸人もドラマに出るそうだ」

一馬は初めて聞く話で、神宮も知らなかったような口ぶりだ。

一馬も神宮もほとんどテレビを見ることがない。忙しいのもあるが、そもそも興味がなかった。見たとしても報道番組くらいだ。ドラマとなると、うるさく言われるから、桂木の関わったものをかろうじて見たことがある程度。だからこそドラマに俳優《はいゆう》以外が出ていることにピンとこない。

「本業じゃなくても顔を売る機会になる。だから、ドラマ担当とはいえ、テレビ局のプロデューサーである桂木のほうが立場が上だということらしい」

「なるほどね」

一馬は納得して頷く。いつでも会えると言われたら、会ってみてもいいような気もしてきた。話を聞くだけなら、さほど時間もかからないだろう。

「お前の同級生だったというだけなんだが、気になったから調べてみた」

「丘野を？」

「ああ。今は簡単に調べられるからな」

神宮はこれで調べたのだとスマホを掲《かか》げてみせる。

「動画もあったぞ」

「何？　お前がお笑いの動画とか見たの？」

似合わなさすぎて、一馬はつい半笑いで問いかけた。

「なかなか苦痛の時間だった」

渋《しぶ》い顔で答える神宮に、一馬はもう笑いを堪《こら》えられなかった。声を上げて笑い出すと、神宮はますます顔を顰める。

一馬はひとしきり笑ってから、感想を尋ねる。

「つまんなかったんだ？」

「何が面白いのか、わからなかった」

「なら、俺もわかんないかもな」

テレビも見ないし、お笑いに興味がないのは一馬も同じだ。神宮が見てくれたなら、一馬はもう見なくていいだろう。

「俺はわからなかったが、芸人としての力はあるらしい。何かきっかけがあれば、売れるだろうと桂木は言ってた」

「桂木が認めてるなら、本物か」

「芸人としてはな」

妙《みょう》に棘《とげ》のある言い方だ。どういうことかと一馬は視線を向ける。

「男としては違うのかもしれない。桂木が付き合いたくないタイプだと言っていた」

「ルックスの問題じゃなくて？」

桂木は面食《めんく》いだ。元彼が神宮だし、一馬のことも口説いてきたことがある。そうなると、丘野は桂木の好みからは外れる。

「もちろん、見た目も好みではないそうだが、中身の問題らしいぞ。引くぐらいガツガツしてて嫌らしい」

「ガツガツって……、売れるためにか？」

確認で尋ねると、神宮はそうだと頷く。

「芸能人なら売れるためには必要なのかもしれないが、付き合うには嫌だってのもわかるな」

「ああ、俺も嫌だ」

神宮がこの場にいない桂木に同意する。

「でも、あいつがなぁ」

一馬は感慨《かんがい》深く呟《つぶや》く。

クラスが違ったとは言え、目立つタイプならもっとはっきり覚えているはずだ。卒業アルバムを見てかろうじて思い出すレベルの丘野が、芸人になり、売れるために必死になっている。まるで印象に合わない。卒業から十一年も経《た》つと、そこまで人間性が変わるのか。そこに一馬は興味を持った。

「会ってみるかな」

「忙しいんじゃなかったのか？」

一馬の独り言《ひとごと》を神宮が聞き咎《とが》める。

「夜中ならなんとか都合をつけられる。芸能人なら夜中でも大丈夫だろ？」

「真夜中に担当捜査の聞き込みはできないか」

「そういうことだ」

捜査中とは言っても二十四時間捜査漬《づ》けではない。寝る時間はあるのだから、それを削《けず》ればいいだけだ。

「桂木に連絡しておけばいいんだな？」

一馬が忙しいだろうと神宮が気を回してくれる。この様子では、丘野に会うときも神宮は同行しそうだ。

「悪い。頼んだ」

自分の捜査が終われば、もっと余裕を持って、丘野に会うことができる。そのためにも、鑑定結果を手に、一馬は科捜研を飛び出した。


運良くなのか、神宮が桂木に連絡を取った日、丘野は深夜までテレビ西都《せいと》で収録予定だった。だから、会いたいならいつでも来ていいと、桂木から神宮に伝えられていた。

品川署に車で迎《むか》えに来た神宮に乗せられ、テレビ西都に向かう。桂木の伝言を伝えたとき、神宮は当然のように自分も行くことを前提《ぜんてい》として、待ち合わせの時間を決めてきた。どうやら、松下の事件にはとことん付き合うつもりのようだ。

神宮に連れられ、テレビ西都に到着したときには、もう午後十一時を過ぎていた。

「お、やっと来たか」

駐車場からの出入り口で、桂木が笑顔で二人を出迎える。今から行くと伝え、さらには到着五分前にもメールを入れておいたからだ。局内に出入りするためには通行証《つうこうしょう》が必要で、それを渡さなければならないのもあって、桂木は外で待っていてくれた。

桂木から渡された通行証を首にぶら下げてから、三人で中に入っていく。

「丘野と同級生なんだって？」

並んで歩きながら、桂木が問いかけてくる。今回は全て間に神宮が入っていたから、丘野に関して、桂木とは直接話してはいなかった。

「ああ。芸人になってるのはこの間知ったんだけどな」

「どんだけテレビを見ないんだよ。泣けてくるわ」

テレビマンの桂木が大袈裟に嘆《なげ》いてみせる。

「そんな時間ないの知ってるだろ？」

「時間があっても見ないのも知ってる」

桂木にきっぱりと言い切られ、一馬は苦笑する。それほど長い付き合いでもないのに、完璧に見抜かれている。

「丘野は何の収録をしてるんだ？」

「番組名を聞いても知らないだろ？」

「だから、ジャンルで教えてくれ」

面倒《めんどう》くさそうにする桂木に、一馬は別の言い方で頼んだ。

桂木には収録が終わるまで見学していいと言われているが、全く情報なしで行くよりは、せめてどんな内容の番組に丘野が出ているのか、知っておきたかった。

「バラエティだよ」

「ざっくりすぎるだろ」

桂木の答えを聞いても、一馬は全く想像できない。いくら一馬がテレビを見ないとはいえ、バラエティ番組の幅が広いことくらいはわかる。

「お笑い芸人だらけのトークバラエティ」

「さっぱりわかんねえ」

一馬は顔を顰めて首を傾《かし》げる。そもそもバラエティ番組をほとんど見たことがないから、全く見当がつかなかった。

「まあ、見たらわかるよ」

そう言った桂木の案内で、収録スタジオに着いた。

「ここからは静かにな」

スタジオのドアの外で桂木が一馬たちに注意をしてから、中へと入っていく。

広いスタジオの奥にセットが組まれており、そこだけが照明で明るく照らされていた。そして、カメラやスタッフたちがそこから距離を取った場所にいる。一馬たちはさらにその後ろに陣取《じんど》った。

セットの中にいるのだから出演者だろう、見知らぬ男たちは十人以上いて、スタッフの数はそれ以上だ。一つの番組を作るために、これだけ大勢の人間が動いているのかと、一馬は感心して見ていた。

問題は一馬が丘野を見分けられないことだ。神宮は丘野の映像を見たと言っていたが、一馬は結局見ないでここに来た。卒業アルバムは数日前に地元で見せてもらったが、それにしても結局は十一年前の丘野しか知らない。

「どれが丘野だ?」

一馬は隣《となり》にいる神宮に耳打ちして尋ねる。

「わからないのか?」

神宮は同じく潜《ひそ》めた小声で、呆《あき》れたように問い返してきた。

「もともとそんなに親しくなかったんだ。十一年前の面影《おもかげ》を探すのも難しいだろ」

だから仕方ないのだと神宮に伝える。

「二列で座ってる後列の右端《みぎはし》だ」

神宮が教えてくれた場所に一馬は視線を移す。司会者らしき男とアシスタントの女性が並んで座る正面に、上下二列になって男たちが座っている。その上段の右端に座る男が丘野だと言われ、一馬は面影を探す。

よく見れば顔立ちは変わっていない。ただ髪がかなり明るい茶髪になり、緩《ゆる》いウエーブがかかっている。当時はなかった派手《はで》さが出ていた。

一馬は胸の前で腕を組んで、渋《しぶ》い顔で丘野を見つめる。丘野を見たいわけではなく、他に見るものがないからだったが、だからこそ、気づかなかった。スタジオの笑い声が徐々に少なくなっていたことに。

「河東《かわとう》」

神宮が一馬の脇腹《わきばら》を突《つつ》く。

顔を向けると、神宮は顔の動きで桂木を示す。それならと反対隣を見れば、桂木が苦笑いで一馬を見ていた。さらに桂木の後ろには、ラフな服装の中年男性が困惑顔《こんわくがお》で立っている。

気づけば収録は止まっていて、スタジオ中の視線が一馬に集まっていた。

「何?」

注目を浴びるような覚えがなく、その理由を知っていそうな桂木に尋ねる。

「ちょっと外に出ようか」

説明は外でするように言うように、桂木は一馬の肩に手を置いて、移動を促した。収録を見たいわけではなかったから、一馬は神宮とともに連れられるままスタジオの外に出た。

「俺、何もしてないよな?」

ようやくちゃんと声が出せる。一馬は再度、桂木に尋ねた。さっきの周りの態度は、一馬に問題があると言いたげだったが、一馬はただ収録を見ていただけだ。

「あのな、バラエティの収録なんだ。周りも笑ってたろ?」

桂木が諭《さと》すように問いかける。

「そうだっけ?」

「それ、その態度」

桂木が一馬をビシッと指さす。

「お前らは目立つんだ。スタジオに入ったときから、何者だって目で見られてたんだよ。そんな二人がピクリとも笑わないんだ。演者の集中力が切れたって不思議《ふしぎ》はない」

やはり桂木は制作サイドの人間だ。責める口調に一馬は頭を掻《か》く。笑っていなかったのは事実だから、言い訳のしようがなかった。

「お前も笑ってなかったのか?」

桂木から責められたのは二人だった。神宮がどんな反応をしていたかなど見ていなかったから、一馬は神宮に確認した。

「面白さがわからなかった」

冗談《じょうだん》の欠片《かけら》も感じられない口調で、神宮は眉根《まゆね》を寄せて答えた。この様子では今も笑いどころがわかっていないのだろう。

「まあね、お笑いは笑いのツボにはまらなきゃ、笑えないし、笑えないものは仕方ないんだけどさ」

桂木も二人を責めても仕方のないことだとわかってはいるようだ。だが、ここまで世間とズレがあるとも思っていなかったらしい。

「スタッフが笑えば、演者は乗ってくる。その逆は言わなくてもわかるだろ?」

一馬たちを気にするあまり、スタッフが笑えなくなり、いつの間にかスタジオは静かになっていった。自分の発言が静寂《せいじゃく》に消えていく感覚に、芸人たちも徐々に口数が少なくなり、収録が止まってしまったのだろう。

「なるほどね。それで、さっきの男が俺たちを連れ出してくれって頼んできたのか」

一馬は桂木の後ろにいた男の表情を思い出しながら言った。

「そういうこと。演者を盛り上げて、収録を早く終わらせたいって気持ちは、痛いほどよくわかるから」

「悪い」

一馬は素直に謝《あやま》る。収録を止めてしまったことよりも、桂木に迷惑《めいわく》をかけてしまったことを申し訳なく思った。

「いや、最初からここで待っておけばよかった。つい、普通の客の扱《あつか》いをしちまった」

「普通の客？」

「テレビ局にくると、だいたい、収録の見学をしたがるんだよ」

そういうものなのかと、一馬は神宮と顔を見合わせる。桂木がテレビ局で働いていると知っていても、その内部に興味はなかったし、収録を見たいと思ったことはなかった。

「二人とも興味なさそうだな」

「そもそも知らないんだから、興味の持ちようがない」

「そうだな。知らないものを見たいとは思わない」

桂木相手に隠《かく》す必要もないから、一馬と神宮は揃《そろ》って正直に答えた。

「最初からコーヒーでも飲みに行ってれば良かったな。今からじゃ、行って帰ってくる間に収録が終わりそうだ」

「いいよ。ここで待ってる」

一馬が答え、神宮が確認するように尋ねる。

「もうすぐ終わるんだろう？」

「そうだな。何もなければ、三十分もしないうちに終わるらしい」

桂木は腕時計を見ながら言った。さっきの男からあらかじめ聞いておいたようだ。

「なら俺もここでいい」

神宮も納得したところで、三人はスタジオの外の幅の広い廊下で壁《かべ》を背にし、邪魔にならないようにして待つことにした。

「昔の丘野ってどんなだった？」

待ち時間の暇《ひま》つぶしなのか、桂木が丘野について尋ねてきた。

「それな」

一馬は苦笑いして、なんと答えようか考える。会う場をセッティングしてもらっておきながら、何も覚えていないとは言いづらかった。

「コイツ、さっき誰が丘野かわかってなかったぞ」

答えに迷う一馬の代わりに神宮が答えた。

「マジで？」

桂木が信じられないものを見る目を向けてくる。

「仕方ないだろ。十一年ぶりだし、当時の記憶だってないんだから」

言い訳する一馬に、桂木が噴《ふ》き出す。

「そんなに印象薄《うす》かった？」

「薄いどころか、印象ゼロだったんだよ。芸人になったって聞いて驚いたんだ」

「意外だな」

桂木は言葉どおりの表情になる。

一馬は昔の丘野しか知らなくて、桂木は今の丘野しか知らない。二人の知る丘野はまるで別人のようだ。

そんな話をしているうちに、スタジオの扉上の点灯していたランプが消えた。

「終わったみたいだぞ」

桂木の声の後、すぐにスタジオのドアが開き、さっきセット上でライトを浴びていた演者たちが続々と出てくる。

チラチラと視線を感じるのは、桂木と一緒にいるせいだと思いたいが、やはり収録の邪魔をしたせいだろう。

五人ほど一馬たちの前を通り過ぎた後、ようやく丘野が廊下《ろうか》に出てきた。丘野はすぐ一馬に気づき、笑顔になった。

「やっぱり、河東だ」

丘野はそう言ってまっすぐ一馬に近づいてくる。スタジオにいたときから、一馬ではないかと思っていたようだ。

「凄《すご》い違いだな」

隣から神宮の嫌みが聞こえる。名前すらヒントをもらうまで思い出せなかった一馬に対して、十一年後の姿を見て、すぐに一馬を思い出せた丘野。対照的だ。

「桂木さんが言ってた、俺に会いたい同級生って、河東だったのか」

桂木が横に並んでいるから、一馬がここにいる理由を丘野は容易《ようい》に察した。

「ああ、俺が頼んだ。久しぶりだな」

今の丘野に会っても懐かしさを感じたりはしないが、同級生への気安さからラフな言葉を投げかける。

「河東、部屋は必要か?」

丘野と対面している一馬に、桂木が後ろから声をかける。

「そうだな。あるとありがたい」

「だと思って、楽屋を一つ用意してる」

「さすが、桂木」

桂木を調子よくおだてる一馬の態度に、丘野が驚いている。

楽屋に向かって歩く先頭は桂木で、その隣に神宮、後ろを一馬と丘野が並んで続く。

「桂木さんと仲いいのか?」

丘野が小声で尋ねてくる。

「まあな。呑《の》み仲間だ」

丘野が声を潜《ひそ》めたのに対して、一馬は気にせずそのままのトーンで答えたからか、桂木が振り返る。

「いやいや、親友だろ」

「いつの間に、そんなたいそうなもんになったんだよ」

この年になっての『親友』という響《ひび》きは気恥ずかしさを感じる。それでも嫌ではないから、一馬はやんわりと否定した。

「それくらいの付き合いだと思うけどなぁ」

桂木は納得できないふうに呟いた後、丘野に顔を向ける。

「っていうか、丘野、見てない？」

「何をですか？」

桂木の問いかけに、丘野は敬語《けいご》で答える。桂木が一馬と同い年なのだから、丘野も同じはずなのに、やはりテレビ局のプロデューサーは立場が上のようだ。

「俺、この二人をモデルにしたドラマを作ったんだけど」

「二人をモデルに？」

問い返しながら、丘野は一馬と神宮に視線を移す。

丘野が悩んでいたのは一瞬だった。すぐに何かひらめいたような顔になる。

「刑事と科捜研の……？」

「そ。刑事が河東で、科捜研がこっちの神宮」

桂木が説明すると、丘野は納得したと頷いている。かつて桂木がプロデューサーとして関わったドラマの話だ。当時は職場でいろいろ言われたから、一馬にとってはあまりいい思い出ではない。

「河東が警視庁《けいしちょう》の採用試験を受けたらしいとは聞いてたけど、本当だったのか」

クラスの違う丘野まで、一馬が採用試験を受けたことを知っていたのは意外だった。

「なんだよ、嘘《うそ》だと思ってたのか？」

「イメージに合わなかったんだよ」

「そうか？　今じゃ、天職だと思ってんだけど」

そう答えた一馬を神宮が鼻で笑う。

「お前は刑事以外できないだろう」

「俺もそう思う」

桂木まで神宮に同意する。

「ちょっと待った。もしかして、河東は刑事として俺に会いに来たってことなのか？」

一馬が刑事と聞いてそのことに思い至った丘野が、驚きの声を上げる。

「その話は中に入ってからにしろよ」

桂木は強めの声音《こわね》で丘野を制する。

楽屋の前に到着していた。桂木がドアを開けて、三人を中に入るよう促す。

芸能人はイメージが大事だ。刑事が訪ねてくることが、決していい印象を与えないと知っていて、桂木なりに気遣《きづか》ったのだろう。

「あっ……」

桂木の意図がわかり、丘野が周りを見回す。幸い、誰も聞こえていなかったのか、近くで立ち止まる人間もいない。

真っ先に部屋に入ったのは一馬だ。

「ここって、要は待合室ってことだろ？　贅沢《ぜいたく》だよな」

一馬は室内を見回す。ヘアメイクをするためのドレッサーが壁一面に、その前にはソファセットがあり、さらには小上がりの畳《たたみ》のスペースまであった。

「全部がこんな部屋じゃないぞ。この部屋は大御所《おおごしょ》とか、よほどの売れっ子とかじゃないと使えない」

後から入ってきた桂木は、そう説明しながら小上がりの畳の縁《へり》に腰掛ける。そして、一馬たちにはソファセットを勧《すす》めた。

一馬と神宮が先に並んで座り、向かいに丘野が一人で座る。

「えっと、河東は刑事として来たってことでいいんだよな？」

「ああ。事務所を通すと手間も時間もかかるから、桂木に頼んだ」

一馬が視線を向けると、桂木はそうだと頷いて見せる。

「警察に話を聞かれるようなことはないんだけど……」

首を傾げる丘野を一馬はじっと見つめる。少しの反応も見逃さないためにだ。

「松下先生、覚えてるか？」

「……松下？」

一馬の問いかけに一瞬の間があった。名前を口にしてから、丘野は記憶を辿《たど》るかのように目を伏《ふ》せる。

「高校のときだ。写真部の顧問《こもん》だった」

「ああ、あの松下先生か。そうそう、顧問だったよ」

教えられてやっと思い出した。そんなふうに見えなくもない受け答えだ。そんな穿《うが》った見方をしてしまうのは、一馬が刑事だと知って以降の丘野の態度に引っかかりを覚えるからだ。

「どんな先生だった？」

「どんなって言われても……。部活の顧問ってだけだし、そもそも写真部とは名ばかりの帰宅部で活動なんてしてなかったからなぁ」

「接点はあったんだろ？」

「そんな昔の話、覚えてないって」

丘野は笑って答えるが、その同じ口で一馬に呼びかけたのは数分前だ。同じ学校にいただけで会話もしたことのない一馬のことは覚えていて、顧問だった教師のことはまるで覚えていない顔をする。一馬は表情にこそ出さないものの、丘野への不信感《ふしんかん》を募《つの》らせていた。

「お前がよく松下先生と話していたと聞いたんだが」

「俺が？」

予想外のことを言われたというふうに、丘野が驚いた顔をする。

「そりゃ、顧問だったから、部活のことで何か話してたんだろうけど、覚えてないよ。もう何年も前の話だから」

少し早口で言いつのる丘野は、自分がさっき写真部は活動していなかったと言ったことを忘れたのだろうか。活動していないクラブの顧問とそうそう話すことがあるとは思えない。何度も話しているのを見たからこそ、覚えられていたのだ。

だが、一馬はそこはもう追及しなかった。

「じゃ、卒業後に会ったりは？」

「してない、してない」

丘野は笑いながら、顔の前で手を振って否定する。

自然な態度だ。それなのに違和感《いわかん》を覚えてしまうのは、最近はお笑い芸人もドラマに出ることがあると聞いていたからだ。つまり演技《えんぎ》ができる。

「でも、なんで松下先生のことなんて聞きに来たんだよ」

「死んだからだ」

丘野がようやく口にした質問に、一馬は短く答えた。

「なんで?」

「なんで?」

さらに問いかけられ、一馬は同じ言葉で問い返す。

「いや、だから、松下先生はなんで死んだんだ? 事故とか自殺とかさ」

「まだ不明だ。それを調べてる」

一馬はそう答えつつ、丘野と森山の反応の違いを考える。刑事の一馬が来たから事件だと思った森山と、自殺の可能性を口にした丘野。一般的な反応は森山だろう。

「俺のところに来たって何も話すことなんてないんだけどなぁ。もっと他に話の聞けそうな人がいるんじゃないか?」

「いたら来るかよ」

一馬は顔を顰めて答える。

「大変だな。刑事も」

「こういう地道な捜査の積み重ねなんだよ。ドラマみたいなカーチェイスなんてしたことねえぞ」

刑事ドラマを作った桂木の顔を見ながら言うと、桂木と丘野が声を上げて笑う。

「そういうの似合いそうなのにな」

「そうだろ? だからその河東に似合いそうなものをドラマに詰《つ》め込んだ」

何故《なぜ》か桂木が胸を張って答える。

「楽しそうなところに悪いが、事件と関係ないことを聞いてもいいか？」

この場で初めて神宮が口を開いた。聞き込みで神宮が自分から発言するのは珍しい。

「いいですけど」

丘野は神宮とは初対面で、年齢《ねんれい》も知らないからか、元同級生の一馬とは違う、丁寧《ていねい》な言葉で応じた。

「高校生の頃、コイツ、男にモテてたか？」

「え？　なんで？」

神宮の質問は明らかに丘野を動揺《どうよう》させた。さっきまでの一馬の問いかけには自分を作っていたような印象を受けたが、今は素《す》の反応が出たように見える。

「異常にコイツを慕《した》ってる後輩《こうはい》がいたからな」

「アレはモテてるとは言わないだろ」

神宮が誰を指して言っているのかは明らかだだが、ここでモテると認められては、また後で面《めん》倒《どう》なことになる。だから、一馬は笑いながら否定した。

「女子にはモテてましたよ。体育祭とか河東が走ると黄色い歓声《かんせい》が上がってたし」

「やっぱり」

神宮ではなく桂木が楽しそうに相づちを打つ。

「そんな話はどうでもいいんだよ」

一馬が女子にモテていたという話も神宮にとっては楽しい話ではない。何しろ嫉妬《しっと》深さが尋《じん》常《じょう》ではないのだ。昔話をされないために、一馬はさっさと話を切り上げることにした。

「忙しいとこ、押しかけてきて悪かったな」

「いや、せっかく来てもらったのに、たいした話もできなくて、こっちこそ悪かった」

互《たが》いに謝り合って、聞き込みは終わりとなった。これ以上、追及したところで、丘野は何も話さないだろう。

もうこの部屋にいる理由はなくなった。来るかもしれない大御所のために、早々に楽屋を空《あ》けようと一馬たちは全員で部屋を出た。

「俺はこっちだから」

丘野はさらに奥のほうを指さして言った。丘野の控《ひか》え室《しつ》はこの先にあり、そこに荷物が置いてあって、衣装から私服に着替えるのだという。

その場で丘野と別れ、一馬たちは駐車場へと向かう。

「俺も乗せてくれ。コンビニに行きたい」

「ああ、いいぞ」

駐車場に着いたところで、桂木が珍しい頼み事をしてきた。コンビニなら帰り道にある。断る理由はなく、桂木を後部座席に乗せ、一馬は助手席へと乗り込む。今日はずっと運転は神宮だ。

一馬は助手席から後部座席の桂木を振り返る。

「何か言いたいことがあるんだろ？」

「やっぱわかる？」

「お前がコンビニって嘘くさい」

桂木がコンビニに行かないとは言わないが、局にいるときなら部下に頼むはずだ。桂木はそういう男だと知っているからこそ、車に乗りたい理由があるのだと思った。

神宮は話を二人に任せて、車を走らせる。乗って話だけをして降りたところを丘野にでも見られれば、何か秘密《ひみつ》の話があったのだと思われる。丘野と話した後では、丘野について話し合ったと警戒《けいかい》されてしまう。

「これは他言無用《たごんむよう》の極秘《ごくひ》情報なんだけど」

車内にいて人に聞かれる心配はないのに、桂木は声を潜めて前置きする。

「丘野はゲイだ」

「マジで？」

一馬は驚いて桂木を見た後、神宮にも目をやった。以前、神宮はゲイ同士ならわかると言っていたからだ。

「そうだろうとは思った」

神宮も桂木に同意する。

「どこでわかるんだ？」

刑事として人を見る目には自信があるのに、これぱかりはわからない。何かポイントがあるのかと神宮に尋ねる。

「なんとなくだ。勘《かん》としか言えないが、あいつに関しては桂木を見る目が違ったからな」

神宮にそう教えられてもわからなかった。桂木に気を遣っているようには見えたが、それは芸人だからだと思っていた。

「お前、狙《ねら》われてんの？」

「色と欲の両方でな」

桂木は余裕の態度でニヤッと笑う。

桂木がゲイだというのは、公然の秘密だ。桂木が隠していないから知られてはいるが、誰も声に出しては言わないらしい。それなら丘野が知っていてもおかしくない。

「ちょいちょい枕営業《まくらえいぎょう》を仕掛けに来る馬鹿はいるんだよ」

「まさか、丘野も？」

「枕だと思われたくないんだろうな。回りくどすぎて、俺じゃなきゃ気づかないぞ。ま、気づいても無視してるけど」

それがもっともスマートな躱《かわ》し方だろう。相手ははっきりと言葉にしていないのだ。応えるつもりがないなら気づかないふりをするのが一番角《かど》が立たない。

「これはさすがに言うつもりはなかったんだよ。デリケートな問題だからな」

桂木にしては真面目《まじめ》な顔でそう言うと、

「お前、あいつを疑ってただろ？」

一馬に疑問をまっすぐぶつけてきた。

「疑うっていうか、何か隠してる態度だったからな」

一馬は正直に丘野と対面したときの感想を告げた。

「やばいかな？」

「何が？」

「あいつが逮捕《たいほ》されるようなことになったら、収録した番組の放送がお蔵《くら》になる」

桂木はテレビマンらしい心配をしていた。番組の収録をした後に、出演者が不祥事《ふしょうじ》を起こした場合、その内容によっては放送を中止することがある。時間も金も全てが無駄《むだ》になるのだ。

桂木が心配する気持ちも理解できる。

「どうだろうな」

一馬は首を捻《ひね》る。

わかっているのは、丘野が隠し事をしているということだけだ。もし、松下と関わりがあっても、不審死《ふしんし》だったと知れば、面倒ごとに巻き込まれたくなくて黙《だま》っているのも、芸能人ならあり得ることだ。

そう考えていた一馬はふと思いついた。一馬が男にモテたのかと聞かれて、動揺を見せた丘野。あれは自分がゲイだから動揺したのではなく、松下の質問の後に聞かれたからだったのかもしれない。松下と特別な関係にあると疑われたと誤解し、動揺したとは考えられないだろうか。

一馬が遭遇《そうぐう》したラブホテルで、独身の松下が相手を隠す理由。今にして思えば、教師の一番の不祥事は生徒との不適切《ふてきせつ》な関係だ。さらにそれが男子生徒となれば、何が何でも隠し通すだろう。

もし、そんな関係にあったのだとしたら、丘野も松下のことは知らないで通すに違いない。売れ始めてきた今、いくら過去であってもスキャンダルになりそうなことは、警察が相手でも話さないだろう。

だが、問題は過去に何があったかではなく、現在も付き合いがあったかどうかだ。無意味にプライベートを暴《あば》くようなことはしたくない。卒業後に、松下と丘野が会っていなかったとわかればいいのだ。

「桂木、一つ、頼まれてくれないか?」

「できることなら」

桂木は大抵の頼み事は引き受けてくれる。もちろん、桂木の言うとおり、できることに限られるが、桂木のできることは多い。これまでにも桂木には随分と助けられてきた。

一馬は松下が死亡した日時を口にする。

「このとき、丘野が何をしていたか調べてほしい」

「アリバイね。オッケー。すぐに調べて連絡する」

桂木はすぐに理解した。丘野との会話をそばで聞いていたから、事件の詳細など教えなくても、一馬が何を欲しているのかわかったのだろう。

「頼んだ」

「それがわかれば、丘野が無関係かどうかわかるんだな?」

言葉を選んだのか、それともテレビマンとしての立場で言っただけなのか、桂木は犯人とも容疑者《ようぎしゃ》とも言わなかった。

「いや、その場にいなかったことがわかるだけだ。だが、捜査は進むはずだ」

一馬には確信があった。丘野が事件に関わっていると、刑事の勘が言っている。その関わり方がアリバイを調べることによってわかってくる気がする。

「そこはプロに任せるけど、できれば急ぎで結果を出してくれると助かる」

桂木の無茶な要求に一馬が苦笑いで返すと、車はコンビニの前に停められた。テレビ局からほど近い場所にあるコンビニだ。これなら桂木も帰りは徒歩で大丈夫だ。

桂木を降ろし、車はまた神宮の運転で走り出す。

一馬はシートに深く背を預《あず》け、軽く目を伏せ考えにふける。一緒にいるのは神宮だけで、気を遣う必要がない相手だ。黙っていても会話を要求されることはない。

まだ全て一馬の推測でしかなかった。丘野がゲイだというのが事実だとしても、わかっているのはそれだけだ。松下と現在どころか、過去でさえ、特別な関係にあった証拠《しょうこ》などどこにもない。

それなのに、一馬の胸のモヤモヤはなくならない。不快感《ふかいかん》のようなものが、一馬の表情を曇《くも》らせる。

丘野も松下も、共通点は同じ高校にいたことだけだ。もし、この二人が事件の被害者《ひがいしゃ》や加害《かがい》者《しゃ》になっていたとしても、一馬には関係ない。そのはずだった。

考え込んでいたせいで、車が神宮のマンションに向かっているのに気づかなかった。気づいたときにはもう、いつもの駐車場に車を停めるところだった。

「なんで、お前のマンション？」

一馬はようやく神宮に尋ねた。

「今の状況《じょうきょう》じゃ、一人で考え込んでも堂々巡《めぐ》りになるだけで、いい結果は出ないだろう？」

だから一馬を一人にしないために連れてきたのだと神宮は言う。

「考えたところで、仮説しか出てこないのはわかってるんだけどな。つい考えてしまう」

そう苦笑する一馬をおいて、神宮が先に車を降りた。

確かに神宮の言うとおりだ。一人でいるより神宮が一緒にいてくれれば、答えの出ないことで頭を使うこともないだろう。一馬は神宮に続いて車を降りた。

「呑むか？」

駐車場から神宮のマンションに向かいながら、神宮が問いかけてくる。

「明日も朝から捜査だし、少しだけな」

「結局、呑むんだな」

神宮が呆れたように笑う。神宮の部屋も一馬の部屋と同じく、冷蔵庫は飲み物類しか入っていないが、缶《かん》ビールが常備されているのは一馬のためでもあった。

マンションに入り、神宮の部屋までエレベーターを使って移動する。既《すで》に深夜だ。建物内では二人とも無言だった。

部屋に到着し、神宮がドアを開けると、先に一馬が中に入った。そしてそのまま、まっすぐ冷蔵庫に向かう。

「いいね。冷えてる」

冷蔵庫の中から缶ビールを取りだした一馬は、手に広がる冷たさに、満足の声を上げる。

「俺のも出しておいてくれ」

神宮の声が洗面所から聞こえてくる。神宮は先に手洗いをしているようだ。

一馬は両手に缶ビールを持ち、リビングに向かう。

一本はテーブルに置き、ソファに座ってから残りの一本を開けた。この最初の喉《のど》ごしを味わうために、何も飲まずに帰ってきたのだ。

神宮を待たずにビールを喉に流し込む。心地いい冷たさが、一日の疲れを癒《い》やしてくれる気がする。

「お前、泊まっていくんだろう?」

遅れてリビングにやってきた神宮に問われ、一馬は当然だと答える。

「飲むのもいいが、先にシャワーを浴びておけ。後に回すと面倒になるぞ」

「だな」

神宮の言うことはもっともだと同意し、一馬は飲みかけのビールをテーブルに置いて、立ち上がった。

いつ来てもいいように、一馬の着替えは置いてある。下着類は脱衣所《だついじょ》のチェストにあるから、手ぶらでバスルームに向かった。

気持ちはビールに残っている。いつも早いが、今日はさらに手早くシャワーを済ませる。体と髪を洗い、一日の汗《あせ》を流す。一馬がリビングに戻るまでにかかった時間は、十分足らずだった。

シャワー後の火照《ほて》りを鎮《しず》めるため、上半身は裸《はだか》、下半身にスエットを穿《は》いただけ、さらには濡《ぬ》れたままの洗い髪にタオルを被《かぶ》せた格好で神宮の前に立つ。

「すっきりするぞ。お前も入ってこいよ」

一馬の声に神宮は顔を上げる。神宮はソファに腰掛け、ビールを飲みながら、スマホを見ているところだった。

「俺の家だ」

そう言いつつも、神宮はスマホをテーブルに置き、立ち上がる。

「すぐに戻る」

いつも言わない台詞《せりふ》を口にして、神宮はバスルームに消えていった。一馬を一人にさせると、また考えに耽《ふけ》ると気にしているのだろう。

一馬は再度、リビングのソファに腰を下ろし、飲みかけの缶ビールを手に取る。少し温《ぬる》くなったものの、今の体にはちょうどいい。一馬は一気に残りのビールを飲み干《ほ》した。明日も朝から捜査だ。それほど飲むつもりはないが、それでも一本では物足りない。

一馬は空になった缶ビールをテーブルに戻し、立ち上がるべきか考える。広い家ではないから、冷蔵庫まではすぐだ。だが、こうして座ってしまうと、腰を上げてまでビールを取りに行くのが面倒になる。

神宮はすぐに戻ると言った。それなら新しいビールは、神宮が出てきたら頼むことにしよう。一馬はそう決めて、テーブルから自身のスマホを手に取った。

スマホをインターネットに接続し、丘野の名前で検索《けんさく》する。売れ始めた芸人だけあって、事務所のHPや個人のSNSだけでなく、ネットニュースの記事も出てきた。一馬は順番にそれらに目を通していく。

どこのイベントに参加しただとか、ライブに出演した話だとか、参考になるような記事は見当たらない。ただ初めて丘野が『弱肉定食《じゃくにくていしょく》』という名前のトリオで活動していることを知った。一馬が収録を見学したときも、トリオの残りの二人もいたのかもしれないが、全く気にしていなかった。

もし丘野が悪い意味で事件に関わっていたら、仲間の二人はどうなってしまうのか。また思考がマイナスに傾《かたむ》いていく。

気分を変えるため、スマホをテーブルに戻し、テレビのリモコンを手にしようとしたときだった。

「あ……」

ドクンと体の中心から急に熱が噴《ふ》き出すような感覚に襲《おそ》われた。体が熱くなる。きっと体温も上がっているのだろうが、それよりも股間《こかん》がおかしい。

一馬は視線を落とす。パジャマにしているスエットは、サイズがゆったりしたものなのに、盛り上がりがわかるほどになっていた。

明らかにおかしい……。

何もしていないのに、こんな状態になるはずがない。そうは思っても現実に体は変化している。

一馬はスエットと下着をずらし、既に勃《た》ち上がっている中心を引き出した。

神宮の部屋だと忘れたわけではないが、まだシャワーの音は聞こえている。神宮が戻ってくるまでに終わらせればいいのだ。この原因不明の興奮《こうふん》は、出さなければ治まりそうにないほど強烈《きょうれつ》に刺激を求めている。

一馬は屹立《きつりつ》を両手で包み、性急に扱《しご》き始めた。シャワーの音が止まるまでに急いで達しようと、一馬は夢中で手を動かす。

「効《き》いてきたか」

不意に頭上から振ってきた声が、一瞬で一馬に理性を戻させる。神宮が一馬の正面に、腰にタオルを巻いただけの姿で立っていた。

シャワーの音はまだ聞こえている。こんなに興奮した状態でも、神宮に騙《だま》されたのだと気づくには充分だった。

「何を……入れた？」

治まらない熱を含《ふく》んだ声で、神宮に問いただす。

「催淫剤《さいいんざい》。媚薬《びやく》だな」

神宮が欠片も悪びれずに答えるのは、完全に優位に立っているからだろう。今の一馬には神宮を殴《なぐ》り飛ばす力もなければ、伸ばされた手を振り払《はら》うこともできない。

「……っ……」

神宮の手が一馬の首筋《くびすじ》を撫《な》でた。こんな軽いタッチでも体が震《ふる》える。

そのまま神宮は手を下へと移動させていく。神宮の体もその動きに合わせてしゃがみ込み、最終的にはソファに座る一馬の足下に跪《ひざまず》いた。

「もう思うように動かせないだろう?」

声だけでも神宮が楽しそうなのが感じ取れる。思いどおりの状態に一馬がなってしまったことが嬉《うれ》しいのだろう。

悔《くや》しいが、神宮の言うとおりだった。

自分で扱いて達しようとしたのに、上手く手に力が入らない。さっきから手は止まったままだった。

「あっ……」

神宮の口に屹立を含まれ、意図しない声が漏《も》れた。自分の手では得られなかった刺激だ。

神宮は焦《じ》らすようにゆっくりと頭を動かしていく。屹立を喉の奥まで引き入れられ、一馬は思わず、神宮の髪に指を絡《から》ませた。もっとしてほしいとねだるように、神宮の頭を股間《こかん》に押しつける。

「はっ……あぁ……」

一馬の呼吸が荒《あら》くなる。媚薬の影響《えいきょう》で限界はすぐにやってきた。一馬は与えられる刺激に

抜いた。


身を任せ、快感に身を委《ゆだ》ねる。もはや早く楽になることだけしか考えられなくなっていた。

神宮は口での刺激を続けながら、抵抗する力のない一馬の下肢《かし》から、スエットと下着を引き抜いた。

照明が明るく照らすリビングのソファで、一馬は全裸《ぜんら》になって屹立を口で愛撫《あいぶ》されている。一馬に理性が残っていれば、目を覆《おお》いたくなる淫《みだ》らな光景に目を背《そむ》けただろう。だが、今は早く達することだけしか考えられないから、視線は一馬のものを含む神宮を見つめていた。視覚でも自らを追い詰めるためだ。

「も……イクっ……」

限界に達し、一馬は神宮の口中で精を解き放つ。神宮の顔を離す余裕もなかった。

急速に追い詰められて達した。まるで百メートルを全力疾走《ぜんりょくしっそう》したような疲労感《ひろうかん》がある。それなのに、爽快感《そうかいかん》は欠片もなかった。熱がまだ鎮まっていないせいだ。むしろ、体はもっとほしがっている。

神宮が顔を離すと、途端《とたん》に物足りなさを感じた。一馬は依然《いぜん》として力の戻らない手を、自分の中心へ近付ける。

一馬の視線は自らの股間に注《そそ》がれていて、もうすぐそこに手が触れるはずだった。だが、その直前、目の前にタオルが現れる。そして、すぐにそのタオルで両手首を一つに縛《しば》られてしまった。止めようがないほど、素早い動きだった。頭に被せていたタオルだと気づいても、今更《いまさら》どうにもできない。

「なっ……」

一馬は驚《おどろ》きで顔を上げ、非難《ひなん》の目を神宮に向ける。だが、睨《にら》み付けたところで、上気した顔ではいつもの迫力《はくりょく》は出ない。もっともいつもどおりだったとしても、神宮には効果がないどころか、喜ばせるだけだ。

案《あん》の定《じょう》、神宮は一馬の視線など気にせずに笑って立ち上がる。その手にはどこから取りだしたのか、黒のアイマスクがあった。

「それ……」

どうするつもりかと、一馬がアイマスクを見つめたまま呟く。

「見えていないほうが快感《かいかん》だけを追える」

微笑《ほほえ》みを浮かべた神宮は、アイマスクを一馬の顔に近付けてくる。

手を縛られているとはいえ、体の前だ。動かせないことはない。だが、熱に侵《おか》された体は思うようには動いてくれなかった。

アイマスクが一馬の目を覆《おお》い隠す。上下の隙間《すきま》から微《かす》かに明かりは入ってくるが、視界は奪われた。

「お前はただ感じていればいい。何も考えられないくらいにな」

事件のことで考え込む一馬を気遣ってくれてもいるのだろうが、それ以上に神宮自身の欲望《よくぼう》のほうが強く感じる。

縛られた一馬の腕を摑んで、神宮が力強く引っ張り上げた。無理やり立たされ、力の入らない体がふらつく。

けれど、立っていたのは一瞬だった。神宮の動きは見えないが、そばにいるから気配でなんとなくはわかる。神宮がソファに座ったのだとわかったときには、また腕を摑まれ引っ張られた。

「あっ……」

座らされたのは神宮の膝《ひざ》だ。見えないものの、膝を跨《また》ぎ、神宮と向かい合う格好《かっこう》にさせられていた。

神宮との距離が近いことを肌で感じる。一馬がアイマスクをつけられた後に、神宮は腰のタオルを取ったのだろう。直接、太腿《ふともも》に当たる神宮の太腿もまた何も身につけていない。肌と肌が触れ合っているのは感触でわかった。

ただわかるのはそこまでだ。この先、神宮が何をしようとしているのかまでは、見えないからわからない。

「は……ぁ……」

胸の尖《とが》りを舐《な》められ、息が漏れる。触れたのが指ではなく舌だとわかるのが嫌だった。

軽く舐められただけで、全身に痺《しび》れが走った。媚薬のせいなのに、胸で感じていると思われたくない。

身を捩《よじ》ろうとしても、神宮が背中に手を回し、一馬を固定する。

神宮は胸への愛撫を続ける。おそらく舌先で尖りを突《つつ》くように舐めては、唇《くちびる》を押しつけ、強く吸《す》い上げてくる。

「あぁ……っ……はぁ……」

一馬の口からは絶《た》えず声が溢《あふ》れ出る。嬲《なぶ》られ続けた胸の尖りは芯《しん》を持って硬《かた》くなる。きっと赤くもなっているだろう。

「両方、勃ってるぞ」

神宮が笑って指摘する。

自分の体のことだ。どこがとは聞かなくてもわかる。一馬の胸だけでなく、中心もまた硬さを取り戻していた。

手は縛られていても体の前にあるから、触れないわけではない。今も一馬は自身を手のひらで包んでいる。だが、それだけだ。昂《たかぶ》りすぎた体では、さっきよりも手は動かしづらくなっていた。

背中に回っていた神宮の手が下りていく。丸みのない双丘に辿《たど》り着き、揉《も》むように撫《な》で始めた。

いつもならそんなことでは感じないのに、既に媚薬と神宮の愛撫のせいで、全身が性感帯《せいかんたい》に変えられている。どこを触られても感じてしまう。逃《のが》れたくても胸にはまだ神宮が吸い付いているし、双丘は押さえ込まれて動けない。

双丘の感触を楽しむように撫で回していた手が止まる。ほっと息を吐く間もなく、濡れた指が中に押し入ってきた。

「うっ……くぅ……」

慣れることのない圧迫感に、一馬は縋《すが》るものがほしくて体を前に倒した。すかさず神宮が胸から顔を離し、一馬の体を受け止める。

神宮は無言で中の指を動かし始めた。ずっと一馬を昂らせるだけで、神宮は我慢《がまん》している状《じょう》態《たい》だった。神宮が快感を得るために、指の動きが速くなる。

「あぁ……あっ……」

指を増やされ、圧迫感が増した。だが、それ以上の快感があった。二本の指が押し広げるように肉壁を擦《こす》る。

一馬の吐き出す声が、神宮の動きを後押しする。快感しか訴《うった》えていないのだ。神宮に遠慮《えんりょ》する理由はなかった。

「待っ……ああ……」

三本目の指が入るのは早かった。一馬の制止の声など、神宮には届かない。体が受け入れているのが伝わっているからだ。

それぞれの指が前立腺《ぜんりつせん》を掠《かす》めては去って行く。焦《じ》らされる動きに体が揺《ゆ》れる。一馬の中心はとっくに限界だった。

屹立に添えていた手をゆっくりながらも一馬は動かしてみた。手の震えが刺激となって快感が増す。後孔を弄《いじ》られているせいで、これだけでもイけそうなほどだった。

「まだ早い」

神宮はそう言うなり指を引き抜いた。そして、すぐに一馬の腰に手を添え、体を持ち上げると、神宮の屹立の上に落とす。

「ああっ……」

体の重みで一気に奥まで呑み込まされ、一馬の口から一際《ひときわ》大きな声が上がった。

完全に蕩《とろ》けきった体は、痛みなど全く感じず、快感だけを拾う。おかげで既に限界だった屹立は迸《ほとばし》りを解き放ってしまう。

「トコロテンって、感度良すぎだ」

神宮の声にも熱が籠《こ》もる。挿入《そうにゅう》した瞬間に一馬が達したことが嬉しいのだと、その声音《こわね》が物語っていた。

一馬は二度目の射精《しゃせい》をしたが、中にいる神宮は硬さを保ったままだ。一馬が達したから終わりでないのは明らかだった。

神宮が下から軽く腰を突き上げる。

「あ……んっ……」

一馬の吐き出す息がまだ熱い。達した直後に落ち着く間もなく、刺激を与えられ、また体が快感を求め出す。

「も……やめ……ろっ……」

一馬は掠れる声で神宮に訴える。縛られた震える手で胸を押し返そうとしたが、そんな力では神宮は止まらない。

「また勃たせてるくせに何を言ってる」

神宮がさらに腰を揺さぶる。

二人は繋《つな》がったままだから、軽く揺すられるだけでも感じてしまう。激しい突き上げではなくても、過敏《かびん》になった今の一馬には充分すぎる刺激になっていた。

勝手に体が揺れる。何かに摑まらなければ、自分の体を支えていられない。一馬は後ろへと倒れそうになった。

「おっと、忘れてたな」

神宮が咄嗟《とっさ》に一馬の背中に手を回して支えて、もう片方の手で一馬の手からタオルを取り去った。

やっと手が自由になった。それでもずっと縛られていたせいで、感覚が戻らない。

「ついでにこっちも取っておこう」

神宮の声の後、視界が開けた。急な明るさに目が慣れない。瞬《まばた》きを数度してから、ようやく一馬の目が神宮を捉《とら》える。一馬のすぐ前、十センチと離れていないところに神宮はいた。

神宮がキスを求めてくる。条件反射で一馬はそれを受け止める。

「んーっ……うぅ……」

絡み合う舌が外れた隙に声が漏れる。神宮の舌が逃さないと追いかけてきて、唇はすぐに塞《ふさ》がれる。その繰り返しだった。

昂った体に濃厚《のうこう》な口づけは毒《どく》だ。体内に留めておけないほど熱が上がり、解放を求め、自然と腰が動いていた。上下するような動きで自ら快感を拾いに行く。

神宮が顔を離し、ぐっと一馬の腰を強く掴んだ。

「しっかり摑まってろ」

神宮の命令に従いたくない。だが、揺れる体を支えるには、神宮にしがみ付くしかなかった。神宮の首の後ろに手を回し、神宮の頭を抱えるように抱きついた。

神宮が一馬の腰を摑んで持ち上げる。

同じ男同士で、体重なら一馬のほうが重い。その一馬を腰を摑むだけで持ち上げるのは、かなり力が必要だ。一馬がそれを助けるように、無意識で腰を浮かせていたために、すんなりと体が持ち上がった。

一馬の中心はもう限界にまで張り詰めていた。達することしか考えられず、それでも自らの両手は神宮にしがみ付くために塞がっている。だから、達するために腰を動かした。

「あっ……はぁ……ああ……」

神宮によって腰を持ち上げられては落とされる。そのたびに声が押し出される。強すぎる快感に涙が滲《にじ》み、それが眦《まなじり》から零《こぼ》れる。

一馬の中の神宮もかなりの熱と硬さを持っていた。神宮の額にも汗《あせ》が滲んでいる。

互いにもう達することだけを目指していた。

神宮の屹立がほとんど抜け出るほどに、腰を高く引き上げられた。

「あぁ……」

一番高い場所から落とされ、さらには神宮がタイミングを合わせるようにがっちりと腰を掴んでいたせいで、最奥を突かれた。

「ああっ……」

一馬は首を仰《の》け反《ぞ》らせ、三度目の精を解き放った。

一馬の体から力が抜け、神宮に体を預ける。覚えているのはそこまでだった。

5

「じゃ、後お願いします。お疲れでした」

一馬はそう言い置いて、刑事課を飛び出した。呼び止める声が聞こえた気がしたが、気のせいだと自分に言い聞かせる。

一馬が抱えていた事件の捜査は、今日、容疑者の身柄《みがら》を確保して終わりを迎えた。これでようやく松下の事件に取りかかれると、容疑者の自供を取った後、同僚刑事《どうりょうけいじ》たちに聴取《ちょうしゅ》を押しつけ、一馬は先に帰ることにした。

既に丘野と会ってから二日が経過している。

桂木からメールをもらったのは昨日だ。そこには松下の死亡推定時刻《しぼうすいていじこく》前後の丘野の行動が詳細に記されていた。

当時、丘野は所属《しょぞく》している事務所が主催《しゅさい》するお笑いライブに出演していた。このライブは毎月定期的に行われており、丘野は毎回出ているとのことだった。死亡推定時刻である午後八時半から九時半は、丘野はまだステージ上にいた。完璧なアリバイだ。

ただ桂木は気になる情報を付け加えていた。本当ならそのライブは午後八時が終演予定だったという。その日に限り、出演者の芸人の一人が誕生日《たんじょうび》だと、サプライズで祝《いわ》うことになり、終演時刻が延びたのだ。それは誕生日の芸人だけでなく、丘野を含めた後輩芸人たちもほとんど知らされていなかったらしい。

丘野にアリバイができたのは偶然《ぐうぜん》だった。いつもの時間にライブが終わっていれば、丘野にアリバイがなかった可能性は高い。

丘野は犯人《はんにん》ではなく、犯人に仕立て上げられようとしていたのではないか。一馬にはそう思えてならなかった。

品川署を出た一馬の足は、まっすぐに警視庁捜査一課《けいしちょうそうさいっか》に向かう。

一馬がこうして調べていているということは、未だ松下の事件は、自殺か事故か、それとも他殺なのか、断定できていないということだ。

捜査一課に顔を出した一馬は、すぐに本条を見つけた。

「やっぱり来たな」

近づいていった一馬に本条は呆れ顔だ。おそらく品川署の事件が解決したことを知っているのだろう。だから、捜査が終わった一馬がすぐに来ると予想していたに違いない。

一馬が何か言う前に、本条はデスクから封筒《ふうとう》を取り上げ、中から書類を引き出し、一馬に差し出した。

「ほら。これが欲しかったんだろう?」

受け取った一馬は、書類の一番上に松下の名前を見つける。

「さすが本条さん」

捜査資料だとわかり、一馬はその場で目を通し始める。

「相変わらず交友関係は不明なんですね」

交友関係の項目は捜査中となっている。

「不明というか、ほぼなかったようだな」

「そうなんですか？」

「同じマンションの住人が、松下さんがほぼ毎日定時に帰ってきていたと証言《しょうげん》した。その住人は夜の仕事でな。出勤時刻が松下さんの帰宅時間と被っていたらしい。休日のことはわからないと言っていたそうだが……」

「仕事終わりに出かける予定が一切ないんじゃ、誰とも会ってないってことですよね」

「そういうことだ。念のため、捜査は続けてるがな」

おそらく松下はゲイだとバレないよう、職場では親しい同僚を作らず、また友人関係も明かさないようにしていたのだろう。一馬には信じられないことだが、もしかしたら、丘野以外、プライベートで付き合いのある人間がいないのかもしれない。

「これは？」

資料に添付されていた写真を見ていた一馬の手が止まる。

「ああ。マンションの防犯カメラに映ってた人物で、身元不明の人間だ。死亡日、マンションに出入りしていた人間で、身元がわからないのは、この男だけになった。所轄が頑張った結果だな」

所轄の地道な捜査を本条が褒《ほ》めるが、一馬の目は写真に釘付《くぎづ》けだった。

写真には帽子《ぼうし》を目深《まぶか》にかぶって、サングラスをかけた男が写っている。防犯カメラから起こした写真だけに画像が不鮮明《ふせんめい》だし、俯《うつむ》きがちだから、顔もよく見えない。だが、背格好は丘野とよく似ていた。

「なんだ、何か引っかかるのか?」

一馬の様子に気づいた本条が尋ねてくる。

「何か、ですね」

「おい、知ってることがあるなら所轄に教えてやれ」

ぼやかした返事をした一馬に、本条が表情を険《けわ》しくする。

「こっちにも事情があるんですよ」

「それは捜査を遅らせてでも隠しておかなければいけないことか?」

「はっきりしないうちは、そうですね」

詰め寄る本条に負けず、一馬は意志を貫《つらぬ》く。

松下はゲイであることを隠していた。死の原因がゲイであることと無関係なら、松下の名誉《めいよ》のために言わずにおきたい。それに、丘野は芸能人だ。警察が配慮《はいりょ》なしにうろついたら、評判《ひょうばん》を落としかねない。そもそもアリバイは成立している。今のところ、丘野の名前を出す必要はないだろう。

「任せていいんだな？」

本条はじっと一馬を見つめる。

「任せてくださいよ」

一馬は自信たっぷりに請け合った。


本条と別れた後は、そのまま科捜研に足を運ぶ。

「自分の捜査が終わった途端、早々に首を突っ込むんだな」

まだ何も言っていないのに、一馬の顔を見た途端、神宮は呆れ顔で言った。完全に行動が読まれている。

「この写真をもらってきた」

それなら前置きは必要ないと、一馬は写真を神宮に見せた。防犯カメラの映像から起こした、身元不明な男の写真だ。

「お前はこれが丘野だと思ってるんだな？」

やはり神宮は察しがいい。話が早くて助かると、一馬は言葉を続けた。

「芸能人なら普段からこういう格好をしててもおかしくないだろ？」

詳しいわけではないが、芸能人がバレないようにサングラスやマスクで顔を隠すという話は聞いたことがある。この写真の格好はまさにそれだった。

「そうだな。それに背格好も似ている」

神宮も一馬に同意する。そのことが一馬に自信を持たせた。

「それで、どうするんだ？」

「まずは、こっそり見てくる」

一馬の言葉に神宮が胡散臭《うさんくさ》そうなものを見る目を向けてくる。

「だから、丘野が普段、どんな格好をしてるのか、確認するんだって。本人に聞いたら警戒されるだろ」

「アリバイがあると言ってなかったか？」

神宮が確認するように尋ねてくる。桂木からのメールの内容は、神宮にも教えておいた。ここまで関わっているのだから気になるだろうと思ったのだ。

「あいつが犯人じゃなくても、何か隠してるのは確かだし、それが真相を解明する大きな鍵になるはずだ」

一馬は確信を持って言った。

どんな形であれ、丘野と松下に付き合いがあるのは、まず間違いないだろう。防犯カメラに映り込んだ時刻にも、ライブのあった劇場《げきじょう》からまっすぐ松下のマンションに向かえば到着できる。死亡後だったとしても、マンションに行ったのなら、何か見ていてもおかしくない。

「もう丘野の今日のスケジュールは調べてるんだ」

「桂木に聞いたのか？」

「いや、調べたらすぐに出てきたぞ」

そう言って、一馬はスマホを掲《かか》げてみせる。今日、丘野は都内の劇場でお笑いライブに出演することになっている。その情報は丘野本人のＳＮＳで告知されていた。

「お前も行く？」

神宮についてきてほしいわけではないが、地元にも来たし、丘野と会うときにも来ていたから、念のために聞いてみた。

「本人と会わずにこっそり見るだけなんだろう？」

「まあ、そうだな」

普段の姿を見るだけだから、丘野と顔を合わせる必要はない。一馬がそう言うと、

「なら、行く必要はない」

神宮は素《そ》っ気《け》なく答えた。

「お前、もしかして、俺が他の男と会うときだけついてきてる？」

「そうだが？」

神宮は悪びれた様子もなく返してきた。それの何が悪いのだとでも言いたげな顔をしている。

「今更《いまさら》だったな」

一馬はふっと笑う。

神宮の嫉妬心は一馬がこれまで付き合った誰よりも強かった。束縛《そくばく》されるのは好きじゃないから、神宮以外ならきっと逃げ出していただろう。だが、今ではすっかりこの嫉妬深さに慣れてしまった。最初こそ怒ったりもしたし、戸惑《とまど》ったりもしたのだが、今ではそれが神宮だと思っている。もし、何も言われなくなったら、物足りなく感じてしまう気さえしていた。

「じゃ、ちょっと覗《のぞ》き見してくるよ」

「バレるなよ」

「俺を誰だと思ってんだ」

一馬は鼻で笑い、嘯《うそぶ》いて科捜研を後にした。

丘野が出演する劇場は新宿にある。雑居ビルのワンフロアを劇場にしていて、客席数はさほど多くない。そんなに客の呼べるライブではないということなのだろう。

電車で新宿まで行くと、そこから劇場のあるビルはすぐの距離だ。少し歩けば、目的のビルが見えてくる。

今日のライブは午後二時開演だった。昼間からやることを不思議に思えば、今日は土曜日だと思い出す。刑事という職業柄、土日が休みの会社員とは違い、曜日感覚がおかしくなっている。一馬はビルの前に群がる若い女性たちを見ながら、そう思った。

何故か、この女性たちはビルの前から動かない。何をしているのかと、会話に聞き耳を立てれば、どうやらライブに出演している芸人たちが出てくるのを待っているようだ。

一馬はその女性たちの後ろに隠れるようにして、丘野が出てくるのを待った。

ライブ終了時刻の午後四時前から一馬は待っていた。そして、四時を過ぎ、さらにそこから三十分が経過した。周囲にざわめきが広がる。

一馬は女性たちの陰《かげ》から、ビルの入り口に目をやった。

一馬の知らない男たちが一人だったり、二人連れだったりと、バラバラでビルから出てきた。女性たちが群がるのなら人気のある芸人なのだろうが、一馬は全くわからない。

「丘野さん」

馴染《なじ》みのある名前が聞こえ、一馬は咄嗟に体ごと横を向いた。隠れてはいても、正面に立っていては丘野の目に留まってしまうかもしれないからだ。

丘野と呼びかけた三人組の女性たちが、ビルから出てきた男に近づいていく。

およそ二時間前に写真で見たのと、全く同じ格好の男がそこにいた。

写真と同じ黒のキャップを目深に被り、サングラスをかけている。この距離なら判別できる。あれは丘野で間違いない。

女性たちからプレゼントらしきものを渡され、受け取っている丘野の姿はいっぱしの芸能人だった。

丘野は彼女たちからプレゼントを受け取ると、すぐにその場を立ち去った。最初に出てきた芸人ほど女性に囲まれてはいない。最初の三人組以外は誰も丘野には声をかけていない。まだそれほど人気があるわけではなさそうだ。

だが、今の丘野を見て確信した。やはり松下のマンションに出入りしていたのは丘野で間違いない。丘野は一馬に嘘を吐いたのだ。

松下のマンションを訪れていたのなら、部屋に丘野の指紋《しもん》が残っているはずだ。捜査で松下以外の指紋がいたるところで見つかっている。その指紋と丘野の指紋を照合したい。

一馬はファンたちから離れて歩き出した丘野の尾行を開始する。丘野の指紋を手に入れるためにだ。所轄に知らせれば、すぐに正規の手続きを経《へ》て、丘野に指紋を提出させることができるが、まずは一馬が確信を持ちたかった。

どうやら丘野は駅に向かっているようだ。

人混みに紛《まぎ》れているから、丘野は尾行する一馬に気づかない。そのまま駅の構内へと入っていった。

だが、丘野はすぐには改札に行かなかった。売店で足を止め、ガムを一つ手に取った。両替をしたかったらしく、ガム一つに一万円札を出している。

一馬はこのチャンスを逃さなかった。丘野が売店から遠ざかると、急いで同じ売店に駆け寄る。

「今の客が出した札を渡してください」

一馬は警察手帳《けいさつてちょう》を示しながら言った。


一馬は今日二度目の科捜研に足を踏み入れた。まだ午後六時過ぎ、神宮なら帰っていないはずだという読みは当たった。

数時間前に来たばかりの一馬が再び現れたことに、神宮は完全に呆れ顔だ。

「また来たのか?」

「大至急、これについた指紋を照合してほしい」

一馬は売店で手に入れた一万円札を神宮に差し出す。結局、一馬は手持ちの一万円札と交換してもらった。押収《おうしゅう》するには正式な手続きが必要で、その手間を省くためだ。

「マンションに残っていた指紋とだな?」

すぐに察した神宮は、ハンカチに包んでいた一万円札を受け取るために手袋をはめる。それからハンカチごと受け取り、一馬を引き連れ、部屋を移動した。この部屋には指紋を検証《けんしょう》する装置《そうち》がないからだ。

松下の部屋の指紋は、既に関係者との検証がなされているから、科捜研にもデータが残っている。神宮が一万円札から採取《さいしゅ》した数個の指紋と、データの指紋とを照合していく。

一馬は固唾《かたず》を呑んで、背後からその作業を見守っていた。一つ目、二つ目と、指紋は一致しなかった。引き続き、三つ目の指紋がデータにあった指紋と重ねられる。結果がすぐに表示された。

「一致したな」

パソコンのモニターを覗《のぞ》き込んでいた一馬は、映し出された結果を誰に聞かせるでもなく呟《つぶや》いた。

一万円札に残っていた指紋は全部で四つあった。一致した指紋が丘野のものである確率は四分の一だが、確定させる作業は所轄に任せればいい。

「どうするんだ？　丘野の指紋が部屋にあったといっても、まだ部屋に出入りしていたことがわかっただけだが」

神宮も一致した指紋が丘野のものだと確信しているようだが、確かにまだわかったのは、それだけだ。

「嘘を吐いてたのは確かだからな。まずはそこをついてくる」

「所轄には言わないのか？」

「俺が話を聞いた後に言うつもりだ」

先に一馬が話を聞くのは、同級生のよしみでもなければ、手柄《てがら》を上げたいからでもない。一馬自身が納得したいだけだ。自分の耳で直接、丘野から真実を聞きたかった。

「なら、俺もついて行く」

「一人で大丈夫だぞ?」

さっきは行かないと言ったのに、丘野と会うから来るのなら、また嫉妬かと一馬は疑いの目を向ける。

「お前が丘野と何かあるとは、もう心配していない」

神宮の言葉に嘘は感じられなかった。一馬と丘野が対面する場を見て、大丈夫だと思ったようだ。

「お前が無茶しないように見張るだけだ」

これもまた本心のように感じた。神宮の中で自分はどんなイメージなのかと、一馬は苦笑いする。

「まあ、いいけど」

相手が丘野だから神宮がいても問題ないと、一馬は了承《りょうしょう》した。神宮は腕力では全く戦力にならないから、危険な相手の時には連れて行きたくない。

「また桂木に頼むしかないかな」

「会うとなったら、そうするしかないだろう」

神宮が渋々《しぶしぶ》といったふうに同意する。一馬が桂木に借りを作るのが嫌なのだろう。

こっそり様子見するときとは違い、今度は話を聞かなければならない。しかも、人には聞かせられない話だ。そうなると前回のようにテレビ局に行くのも、人目に触れるから避けておきたい。桂木ならその辺りも上手く考えてくれるだろう。

一馬は桂木に連絡を取るため、スマホを取り出した。


丘野と会うのは、また深夜になった。桂木に連絡を取った後、今日ならこの時刻まで丘野は仕事なのだと桂木に教えられ、それでもいいならと手配されたのが、レンタルオフィスの一室だった。

ビルの2フロアがレンタルオフィスとして使用されている。そのうちの一室だ。十平米くらいの室内に、会議テーブルが中央にあり、周囲を六つの椅子《いす》が囲っている。少人数用のかなりコンパクトな広さの部屋だ。

先に到着した一馬と神宮は、それらの椅子に並んで座った。

「桂木はホント、いろんなところ知ってるよな」

一馬は感心して室内を見回す。まさに人目を避けて会うのに最適の場所だ。深夜だから、他の部屋に明かりはついていなかったし、やたらに静かだった。もしかしたら、本来はこの時間帯はレンタルしておらず、桂木のコネで特別に使わせてもらえたのかもしれない。

「ドラマの撮影で使うことがあるんじゃないのか」

「そういうこともあるかもな。あいつのドラマを見てたら、ここが出てきてたりして」

「でも、見ないんだろう?」

図星を指されて一馬はそっぽを向く。

そんな他愛のない話をして待つこと二十分、部屋のドアがノックされた。

「どうぞ」

一馬が応じると、すぐにドアが開き、丘野が顔を見せた。

「河東……なんで?」

丘野は目を見開き、驚きで動きを止める。

桂木からなんと言って呼び出されたのか知らないが、少なくとも一馬がここにいることは聞いていなかったようだ。

「なんでって、そりゃ、人目につかずに会おうとした、俺の気遣いだよ。刑事が何度も訪ねてくるなんて、外聞が悪いだろ」

一馬はあえて冗談っぽく言ってみせた。

「まあ入れよ」

「あ、ああ」

ドアのところで立ち尽《つ》くしてた丘野は、声をかけられ、ようやく室内に足を踏み入れた。

「そこ、座って」

一馬に勧められ、一馬たちの向かいに腰を下ろしてから、

「もしかして、まだ松下先生のことで聞きたいことがあるのか？　ホントに何も知らないんだって」

一馬の口調が軽かったせいか、丘野も笑いながら問いかけてくる。一馬はその丘野の顔をまっすぐ見つめ、一瞬で表情を変えた。

「お前、俺に嘘を吐いたな」

射貫《いぬ》くような一馬の視線に、丘野が耐《た》えきれずに息を呑んだ。油断していたから、表情を取り繕《つくろ》うのが間に合わなかったのか、唇を震わせている。

「……何が？」

時間にすれば、僅《わず》か数秒ではあったが、その間《ま》は一馬の言葉が事実だと認めた証拠だ。丘野はきっとどうしてバレたのかと焦り、言い訳を考えたのだろう。そのための間に違いない。だが、考えがまとまらないまま、黙っているのはまずいと、問い返してきたのだ。絞《しぼ》り出した丘野の声は、刑事でなくても疑いたくなるほど震えていた。

「卒業以来、松下先生と会ってなかったんだよな？」

一馬の問いかけに、丘野は前回同様、頷いてそうだと答える。

「じゃ、そのお前の指紋が、松下先生の部屋にあったことをどう説明する？」

「し、指紋？」

まるで予想していなかったことを言われたと、丘野は動揺を露《あら》わにした。

松下は自殺か他殺かわからない状態での死だったのだ。どうして、部屋の指紋を調べられないと思ったのだろうか。一馬にしてみれば、そのほうが不思議だ。

「俺の指紋なんていつの間に……」

「手に入れる方法なんていくらでもある。それで？」

「それは……」

丘野が言い淀《よど》み、瞳を伏《ふ》せる。

必死で言い訳を考えているのだろう。一馬から目をそらせたり、落ち着かない様子で握《にぎ》った手の指を細かく動かす動きで、丘野の焦《あせ》りが伝わってくる。

「たまたま……、そうたまたま会って、一度だけ部屋に呼んでもらったんだよ」

「それを今思い出したと？　自分でも苦しい言い訳だと思ってるんだろう？」

一馬が冷《さ》めた目を向けると、丘野は気まずそうにまた目を伏せた。

「卒業後も付き合いを続けてたんだな？」

一馬が誤魔化《ごまか》されてくれないことがわかったのか、丘野は表情を歪《ゆが》め、フッと息を吐いてから、

「そうだよ」

ふてくされたようにしながらも、ようやく認めた。

「けど、部屋に行ったから、なんだって言うんだ。俺は何もしてない」

「俺に嘘を吐いただろう?」

「それは面倒なことに巻き込まれたくなかったから……」

言い逃れようとする丘野に、それまで黙《だま》っていた神宮が割って入る。

「お前はただ河東に嘘を吐いただけじゃない。警察に嘘を吐いたんだ。それがどういう意味を持つかわかるか?」

神宮の強い言葉に丘野が言葉に詰まる。一馬だけなら同級生が相手だったから、気安く嘘を吐いたと言えても、警察関係者は神宮もいたのだ。同級生の昔話で済む話ではないのだと、神宮は冷たい態度で責めた。

項垂《うなだ》れて顔を伏せる丘野を、一馬はさらに追及する。

「そこまでして、松下先生との関係を隠したかったのか」

「関係って……」

丘野は理解できないというふうに一馬を見つめる。丘野がゲイだと一馬が知っているとは思っていないようだ。

「恋人《こいびと》だったんだろう?」

「恋人なんかじゃない」

丘野がそれだけは認めたくないと、ムキになって否定する。

「部屋中、指紋だらけにするほど入り浸《びた》ってて？　冷蔵庫や洗濯機に指紋が残るほどの付き合いが、昔馴染《なじ》みってだけだと？」

一馬は捜査資料を見直していて気づいたのだ。丘野の指紋のついている場所が、そこで生活してなければつかないような場所だった。同棲《どうせい》はしていなくても、頻繁《ひんぱん》に部屋に来ていた確かな証拠だ。

もう隠せないと悟《さと》ったのか、丘野は一馬から目を逸《そ》らし、震える声で言った。

「関係はあったけど、恋人じゃない」

「十年以上も付き合ってて？」

「他にいなかったからだよ」

丘野が投げやりに答える。

「他に？」

「あんな小さい街じゃ、ゲイってだけでも珍しいんだ。セックスできる相手が見つかっただけで、奇跡《きせき》みたいなもんなんだよ」

「だから、身近にいた松下先生で手を打ったと言いたいのか？」

「向こうだってそうだったはずなのに……」

丘野の態度には不服そうな雰囲気《ふんいき》があった。死んでしまった松下への不満のように思われた。

一馬は不快《ふかい》さに顔を顰める。

当時、丘野と松下の間で、どんなやりとりがあって付き合い始めたのかはわからない。もしかしたら、最初はお互いに都合のいいセフレのような関係だったのかもしれない。だが、一緒に時を過ごしていけば、気持ちも変わってくる。松下が丘野に何かしらの情が湧《わ》いても不思議ではなかった。丘野に全くその気がなかったとしてもだ。

「あの日、松下先生と何があったのか話してくれ」

一馬は不快感を隠して、冷静に話を促した。丘野が殺したとは思っていないと付け加えると安堵《あんど》の息を吐いてから、丘野は話し始めた。

「あの日、メールが届いたんだ。今から死ぬって。けど、俺は舞台に立ってて、ずっとスマホを見てなかった」

「それで？　気づいてから松下先生の部屋に行ったんだな？」

防犯カメラに丘野が映り込んでいた時刻を計算すると、舞台を下りてからメールに気づき、部屋に急いだことになる。

丘野はそうだと頷くと、

「部屋に着いたら、もう死んでた。自殺だったんだよ」

一馬に信じてくれと訴える。

「それでお前は、指紋以外の痕跡《こんせき》を消して、通報もせず、部屋から逃げたのか？」

「仕方ないだろ。男と付き合ってたなんてバレるわけにはいかないんだ」

一馬の推測《すいそく》を丘野は事実だと認めた。おそらくスマホには二人の関係がわかるようなやりとりがあったのだろう。だから、丘野はスマホを操作して、丘野の連絡先だけでなく、履歴も全て消したのだ。スマホの暗証番号も付き合っていたのなら、知ることは難しくない。

「自殺の動機は聞いてるんだろう?」

一馬の問いかけに、丘野がまた動揺を見せる。

確証はなかったが、丘野が原因に違いない。死ぬ前にメールを送ったのも、腹を刺《さ》して死んだのも、丘野への当てつけのように思えた。

「……死ぬちょっと前、もう会わないって言ったからだと思う」

言いづらそうにしながらも、ここまでバレているのなら黙っていても意味がないと思ったのか、丘野が予想どおりの理由を口にした。

やはりと一馬は思った。桂木に言い寄っていた話を聞いていたから、その可能性は頭にあった。

「芸人になったら周りが派手《はで》になって、高校教師じゃ、物足りなくなったか」

一馬が指摘すると、図星だったのか丘野が言葉に詰まる。

最近、テレビに出始めるようになったと聞いている。急に周りが華やかになったのだろう。芸能界は男女問わず顔がいい人間の集まりのようなものだ。それを見慣れてくると、松下が地味に思えてくるのも理解はできる。

「別れ話に松下先生は納得しなかったんだな？」

丘野がそうだと頷く。

「それでどうした？」

「メールも電話も全部無視した。そのうち諦《あきら》めてくれるだろうって」

丘野のやり方もわからなくもなかった。別れ話が必ずしも双方合意できるとは限らないし、合意できなければ強引にでも縁《えん》を絶《た》ち切らないと別れられない。

それでも……と一馬は思う。

高校生のときから今まで十年以上も続いたのだ。丘野の話を聞いていると、松下の側には別れたい理由は見当たらなかった。そう簡単に割り切れないだろう。だから、松下は死を選んだ。しかも丘野に疑いがかかるよう、アリバイをなくす工作をし、自殺とは考えづらい腹を刺すという方法でだ。

丘野が出演していたライブが予定どおり終演していたら、丘野にアリバイはなくなっていた。別れ話がこじれたという、松下を殺す動機もある。お膳立《ぜんだ》てはできていた。誤算は丘野にアリバイが成立してしまったことと、通報さえしてくれなかったことだ。もし、丘野が自分の痕跡を消したりせず、すぐに通報していたら、丘野は容疑者として身柄《みがら》を拘束《こうそく》されていたに違いない。

「お前、薄情《はくじょう》で助かったな。そうでなきゃ、逮捕《たいほ》されてたぞ」

「なんで？」

ぎょっとした丘野に詰め寄られ、一馬はさっき推測した、松下の計画を話して聞かせた。

「そんなに恨《うら》まれてたのか……」

丘野は呆然《ぼうぜん》として呟く。恨まれることなど考えてもいなかったようだ。

「十年以上も付き合った男を一方的に捨てたんだ。恨まれないと思ってたほうが驚く」

「だって、仕方ないだろ。周りにはかっこいい男がいっぱいいて、昔は手が届かなかったけど、今の俺なら付き合えるんだ」

一馬に反論する丘野を見て、神宮は鼻で笑った。

「何がおかしい」

完全に馬鹿にした表情の神宮に、丘野が怒って問い詰める。

「桂木に相手にもされなかったくせに」

「なんでそれを……」

冷静に言い返され、丘野は焦った顔で言い淀《よど》む。

「芸人のお前には見向きもしなかった桂木が、刑事のコイツを会うたび口説《くど》いてるぞ」

「今、それを言うかな」

一馬はそう答えることで、神宮の言葉を肯定した。

「こういう奴には現実をわからせたほうがいい」

冷たく言い放つ神宮も怒っているようだ。一馬と同じように。

丘野の話を聞けば聞くほど、怒りが湧いてくる。いくら別れたつもりの相手とはいえ、十年以上の付き合いのあった恋人の死を、保身のために放置した。しかも、自分のせいで自殺をしたのにだ。

「芸人になったから、テレビに出てるからって、人間性が上がるわけじゃない。お前はただのろくでなしだよ」

一馬は怒りを言葉に乗せた。一馬にできるのはこれくらいしかない。

松下は自殺だ。通報の義務を怠《おこた》ったり、スマホを操作して痕跡を消したりはしたが、それだけでは逮捕はできない。丘野を何かの罪《つみ》に問うのは、難しいだろう。松下がずっと隠していたことを明らかにするのも、故人《こじん》の名誉《めいよ》のためにも避けたかった。

「もうどうだっていいだろ。あいつは自殺したんだ。事件じゃなくて自殺なんだよ」

だから、捜査は終わりで話も終わりだと、丘野は立ち上がる。

「帰っていいよな？　この後も仕事なんだ」

「仕事ね」

一馬はフッと小さく笑う。

「お前に人を笑わせられるのか？」

「ずっと笑わせてきたんだよ」

芸人としてのプライドから、丘野がムッとして言い返す。

「そうか？　俺はこの先もお前で笑うことはないけどな」

一馬の目力のせいか、丘野は少し怯《ひる》んだ様子を見せた。だが、言われっぱなしでは悔《くや》しいのか虚勢《きょせい》を張る。

「別にお前一人が笑わなくたって……」

「俺ももうお前では笑えないいな」

丘野の言葉を遮《さえぎ》って、一馬に同意したのは桂木だった。

桂木は最初から隣の部屋にいて、話を聞いていた。丘野とのセッティングを頼んだときに、立ち会いを望まれ、隣の部屋でいいならと許可を出したのだ。そして、タイミングを見計らって姿を見せたというわけだ。

「桂木さん……」

突然の桂木の登場に、丘野が唖然《あぜん》としている。

「俺も業界の人間だから、保身に走る気持ちはわかるよ」

「なら……」

「でも、信用はできない」

桂木はバッサリと切り捨てる。丘野にとっては死刑宣告《しけいせんこく》のようなものだ。桂木はドラマ担当でも、テレビ局内でかなりの発言力を持っているし、業界内でも影響力《えいきょうりょく》がある。その桂木が丘

野を信用できないと言えば、テレビ出演が危《あや》ぶまれる。テレビに出始めるようになったばかり、そんな丘野レベルの芸人なら代わりがいくらでもいることを丘野も自覚しているのだろう。顔が真《ま》っ青《さお》になっている。

「帰らないのか?」

立ち尽くす丘野に、一馬が尋ねる。だが、返事はなかった。茫然自失《ぼうぜんじしつ》といった様子だ。

「先に帰って大丈夫かな」

一馬は桂木に尋ねる。レンタルオフィスの契約がどうなっているかわからないからだ。

「大丈夫だ。時間になったら管理人が戸締《とじ》まりに来る。そのときまで、アレがまだいたら追い出されるだけだ」

「なら、いいか」

一馬は最後にチラリと丘野を見てから、部屋を出た。神宮と桂木も後についてくる。一人で残された丘野のことなど、もうどうでもよかった。

レンタルオフィスの入っていたビルを出て、三人で並んで歩く。約束をしていたわけではないが、三人とも呑まずにはいられない気分だった。だから、自然と繁華街《はんかがい》のほうへと足が向いていた。

「お前、あいつがああなることを見越して、桂木を呼んだのか?」

神宮が一馬に疑いの目を向けてくる。一馬と神宮だけでは、丘野にあそこまでダメージを与えることはできなかったからだ。

「呼んでねえよ。桂木が来たいと言ったんだ」

一応、一馬は反論してから、ニヤッと笑う。

「許可は出したけどな」

「やっぱり見越してたんだろうが」

「俺は使えるものは何でも使う主義なんだ」

コネだろうが虎《とら》の威《い》だろうが、それで結果を出せるなら躊躇《ためら》わない。一馬にとって大事なのは犯人を逮捕するという結果だけだ。今回は逮捕できなかったから、別の結果を求めた。

「あいつ、どうなるかな?」

誰とは名前を出さずに、一馬は桂木に尋ねる。

「さあ、どうかな。あいつ次第だろ」

脅《おど》しをかけたのは桂木なのに、桂木はもう丘野に興味がなさそうだ。

「気になるのか?」

神宮に問いかけられ、一馬は首を横に振る。

「俺が気にしてもな」

元々、同郷《どうきょう》というだけの二人だ。丘野にも松下にも思い入れはないのに、丘野の松下への仕打ちに腹を立てるのは筋違《すじちが》い、そうわかっていても、さっきは堪《こら》えきれずに苛立《いらだ》ちをぶつけてしまった。だが、それももう終わりだ。丘野がこれから先、どう生きていくのかは丘野次第。脅しのようなことを口にしたが、もう関わるつもりはなかった。

「よし、呑もう」

一馬は気持ちを切り替えるために言った。

「呑んで忘れるって？」

桂木が冷やかすように一馬の顔を覗き込んでくる。

「違うっての。事件が片付いた打ち上げだ」

「いいだろう。付き合おう」

「俺も」

神宮が先に同意して、桂木も乗ってくる。

「お前は部外者だろう」

神宮が冷たい目を桂木に向ける。

「今回、俺はいい働きをしたと思うけど？」

「ああ。わかってる。感謝してるよ」

一馬は正直に感謝の言葉を口にした。今回ほど桂木の世話になったことはない。

「今日は俺が奢《おご》る。吐くまで呑んでいい」

一馬がそう言うと、神宮と桂木は一瞬だけ顔を見合わせた。

「吐くまでは呑まないが、限界まで呑んでみるか」

「俺も自分の限界を試してみよう」

二人が楽しそうに乗ってきた。きっと二人なりに一馬を盛り上げようとしてくれているのだろう。

一馬は恵まれている。松下に比べて遙《はる》かにだ。

松下には友人がいなかった。いなかったからこそ、丘野に依存《いぞん》して、捨てられ死ぬことを選んだのだ。

一馬には神宮がいて、桂木のような頼れる友人もいて、叱責《しっせき》されることは多くても概《おおむ》ね職場関係も恵まれている。松下にもそんな人生が送れる可能性はあったはずだ。

一馬は生まれ変わりなど信じないし、来世があるとも思っていない。だが、もし松下が新たな人生を歩むことができるのなら、もっとマシな人間関係が築けることを願わずにはいられなかった。

6

一馬の部屋の冷蔵庫に、珍しく酒以外のものが入っている。

「これ、もう出していいか?」

一馬は振り返り、桂木に問いかけた。

一馬の部屋は広めのワンルームで、キッチンは壁に向いていて、冷蔵庫もその並びにある。ダイニングテーブルなどはなく、ベッドとローテーブル、後は今、桂木が座っているソファがあるだけだ。

「いいと思うよ。いい感じに冷えただろ」

桂木の了解を得て、冷蔵庫から酒のつまみを取り出す。桂木の差し入れだ。ここに来る途中に買ってきたデパ地下の惣菜《そうざい》で、冷やして食べたほうが美味いということで、今まで冷やしていた。

「取り皿とお箸《はし》は?」

手伝おうと桂木が腰を上げ、一馬に近づいてくる。

「割り箸はあるけど、皿はないな」

「待って。お前、どんな生活してんの?」

桂木が驚いたように問いかけてくる。

「使わないからさ」

「だから、外で呑もうと言ったんだ。この部屋には何もないと言っただろう」

答えた一馬に被せるように神宮が桂木に文句を言う。

一馬の部屋に桂木がいるということは、もちろん、神宮もいるということだ。一馬が引っ越ししたのに、まだ部屋に招待されていないと桂木が言い出した。それで、今回、さんざん世話になったからと招待したのだが、神宮がそこに参加しないはずがない。

「お前は、俺をこの部屋に入れたくなかっただけだろ？」

「そうだが？」

「開き直ってるよ、コイツ」

神宮と桂木のやりとりを見ながら、一馬はつまみをテーブルに運ぶ。

三人とも料理をしないから、テーブルにあるのは出来合の惣菜か乾《かわ》き物《もの》くらいだ。それでもメインは酒だと飲み続ける。

「しかし、ホントにテレビがないとはな」

桂木がしみじみとした口調で言った。呆れているというより、どこか感心しているようにさえ聞こえた。

桂木の言うとおり、一馬の部屋にはテレビがない。以前の部屋には置いてあったのだが、引っ越しを機に、どうせ見ないからと処分《しょぶん》してきた。今のところ、不都合はない。

「テレビがないんじゃ、同級生が芸人になってたって気づかないよな」

桂木は名前を出さなかったが、誰のことかと聞くのは野暮《やぼ》だろう。一馬は薄く笑う。

「見てたって気づかなかった自信はある」

「そこに自信を持つなよ」

「その程度の同級生ってことだ」

二人があえて名前を出さずに会話している丘野の元恋人、松下の件は自殺で処理された。一馬が本条に連絡し、丘野のことも伝えた上で自殺の動機も説明した。それを受けて、所轄が丘野にも話を聞いた結果、自殺と断定したのだ。

「俺はテレビを見てないから知らないけど、あいつは出てるのか?」

「変わらず出てるよ。今のところはね」

一馬の質問に、桂木は思わせぶりな返事をした。

「今のところ?」

「今現在、放送されてるのは、前に録ってた分だし、スケジュールを押さえてた分も撮らないとだしな」

「その後は?」

「うちの局の予定には入ってなかったかな」

桂木が考える間もなく答えた。本来、桂木はドラマ班で、バラエティ番組のキャスティングに関わっていないはずだ。

「お前が手を回したのか?」

「俺は何も言ってない」

否定した桂木に、一馬だけでなく神宮まで疑いの目を向けた。

「ホントだって。他の番組のキャスティングに口だしはしてない。できるけど、してない」

桂木は手を回していないことをアピールするが、それなら丘野がテレビ番組に呼んでもらえなくなる理由がわからない。不思議がる一馬に、

「あいつがテレビに呼ばれなくなったのは、噂《うわさ》のせいだ」

桂木が予想外の理由を教えてくれた。

「噂?」

「お前らはそういう噂に疎《うと》いから知らないだろうな。売れない頃を支えてくれてた恋人を捨ててアイドルに乗り換えた、そのせいで元恋人は自殺したって噂」

「随分《ずいぶん》と脚色《きゃくしょく》が加えられているが?」

神宮が冷静にツッコミを入れるが、桂木に気にした様子はない。

「噂っていうのは、そんなもんだろ」

「アイドルはどこから出てきたんだよ」

「噂にも華が必要だからじゃないかな。そうじゃないと、盛り上がらない」

「噂の出所はお前か？」

「どうだったかなぁ。誰かに話したかも」

一馬の追及を桂木は惚《ほう》けてかわす。

おそらく桂木が噂の種を蒔《ま》いたのだろう。しかも口の軽い相手にだ。乗り換えたアイドルは、噂が広がるにつれ、話が大きくなっただけなのかもしれない。

「でも、噂だけでそんなことになんの？」

一馬はまだ納得できずに尋ねた。

こんな噂が出れば、丘野も否定したはずだ。誰からも真偽《しんぎ》を問われなければ、否定のしようもなかっただろうが、それにしても、噂だけでそこまで仕事に影響《えいきょう》が出るとは思えなかった。その噂にしても、丘野が罪《つみ》を犯《おか》したとは言っていない。

「今はテレビもややこしいんだよ。スポンサーがいるからな」

「ああ、評判《ひょうばん》の悪いタレントは、企業イメージが悪くなるから？」

「そういうこと。それに、売れ出してきたら態度が横柄《おうへい》になって、後輩芸人とか若手のスタッフには嫌われてたんだよ」

そこに良くない噂が出たことで、悪い印象がさらに広がり、桂木が口を出さなくても、各テレビ局が丘野を起用しなくなっていったということらしい。

「三人組で活動してたんじゃなかったか？」

神宮が思い出しように尋ねた。

「解散するらしい。前からその話は出てたんだけど、今回の噂でもう無理だってなったみたいだな。あのトリオはあいつだけが目立ってて、それでかなり傲慢《ごうまん》になってたというから」

「それなら、自業自得か」

一馬は冷たく言い放つ。

「気が晴れたか？」

桂木が一馬の顔を覗き込んで問いかけた。

その口ぶりから噂を流した理由が一馬のためだったとわかって、一馬は苦笑する。

「あのときので充分だったんだけどな」

「でも、すっきりしてなかっただろ？」

桂木がそう言うと、神宮も同意するように頷《うなず》いている。もういいと割り切ったつもりでいたが、態度に出ていたようだ。

「そうだな。サンキュー」

一馬は素直に礼を言った。

丘野を完全に叩《たた》き潰《つぶ》しそうとまでは思っていなかった。だが、丘野のしたことが世間ではどう受け止められるのか、丘野自身に気づかせてくれたのはよかった。

噂はいつか消える。それから心を入れ替え、やり直せばいいのだ。丘野にはそれができる。

松下と違い、生きているのだから。

「じゃ、お礼をもらおうかな」

桂木が言葉以外の謝礼《しゃれい》を求めてきた。

「奢ってやったろ」

「それはあのときまでの分だから」

今回の噂で、また新たな報酬《ほうしゅう》が必要なのだと言って桂木が笑う。

「お前にねだられるのは怖いんだよ」

「ひどい言われようだ。軽いキスでいいって。まあ、うっかり舌が入るかもしれないけど」

「ダメに決まってるだろう」

一馬ではなく、険《けわ》しい顔になった神宮が即座《そくざ》に拒否《きょひ》した。

「キスくらい、いいじゃん」

「ダメだ」

神宮は全く受け付けない。求められた本人である一馬は、それこそ桂木の言うように『キスくらい』は構わないのだが、神宮が先に拒《こば》むから言えないでいた。

「わかった。それなら、聡志《さとし》でいい。最近、ご無沙汰《ぶさた》なんだよ」

「それはダメだ」

拒否したのは一馬だった。

　さっきの神宮の気持ちがわかった。神宮が自分以外の誰かとキスをしているのを見たくない。見ていないところでされるのも嫌だが、まだ見えるよりはマシだ。神宮もそんな気持ちだったのだろう。

「俺が他の男とキスをするのは嫌か？」

　いつの間にか、神宮が一馬のすぐ隣に来ていた。今にも唇が触れ合いそうなほどに顔を近付けてきて問いかける。その近い距離にある顔は嬉しそうに笑っていた。

「嫌に決まってんだろ。お前は俺とだけしてればいいんだよ」

　神宮を喜ばせるのは癪《しゃく》だが、自分以外の男とキスをされるのはもっと嫌だ。そんな気持ちが顔に出て、不機嫌《ふきげん》に顔を顰めながら神宮に命令した。

　命令されることなど何より嫌う神宮が、命令に従い、一馬にキスをしようと笑顔のまま迫《せま》ってくる。

「落ち着け。桂木がいる」

　すんでのところで、一馬は顔の前に手を出して防《ふせ》いだ。そして、顔を横に向け、桂木の存在を神宮に教える。

　動きを止めた神宮が桂木を見て舌打ちすると、

「お前はもう帰れ」

　冷たく言い放った。

「ひどくない？」

神宮の態度に怒りはしなかったが、桂木は呆れたような顔で苦笑する。

「この部屋に来るという目的は達しただろ」

神宮は立ち上がると、ソファに座ったままの桂木に近づき、腕を取った。

「本気で帰れって言ってんの？」

「嘘を吐いて何の得がある」

真顔の神宮に、桂木は溜息を吐いて肩を竦《すく》めながらも、渋々ながら腰を上げた。

「わかったよ。帰ればいいんだろ」

桂木がバッグを手に玄関へと向かう。そのすぐ後ろを追い立てながら神宮がついていく。

「じゃあな、河東。今後はコイツがいないときに来るよ」

「来させるわけないだろう」

最後までそんなやりとりをして、桂木は部屋を追い出されるようにして出て行った。

ガチャリと鍵のかかる音がして、神宮がすぐに戻ってくる。

「お前はホントに桂木の扱《あつか》いがひどいな」

「お前だって止めなかっただろう」

神宮は澄《す》まして答えると、何故か、一馬の隣ではなく、ベッドに腰掛けた。

「河東」

神宮が名前を呼びながら一馬に向けて手を伸ばす。

さっきはできなかったキスがしたい。だが、キスだけで終わらせるつもりはない。それなら最初からベッドでという、神宮の思いが伝わってくる。

一馬は腰を上げ、神宮の隣に座った。

やっとキスができる。一馬は神宮の首の後ろに手を回し、顔を近付けていく。神宮が一馬の肩に手を置いて、迎え入れる。

最初は軽く唇を触れ合わせた。感触を確かめるように、何度も啄《ついば》んだ。回を重ねるごとに、唇の触れ合う時間が長くなり、ついには舌が絡み合う。

どうしてなのか。行為自体は同じなのに、神宮とのキスは誰としたときよりも体が昂る。もっと欲しくなり終わりが見えない。そんなキスを他の誰ともさせたくなかった。

キスをしながら、二人はそのままベッドへと倒れ込んだ。

上になったのは一馬だった。神宮の顔の両側に手を突き、真上からその顔を見下ろす。

一馬に乗りかかられ、腕の中に捕《と》らわれているというのに、神宮は不敵《ふてき》に笑う。その笑みはたまらなく扇情的《せんじょうてき》だった。一馬は誘《さそ》われるように、再び唇を合わせる。

神宮の手が一馬の背後に回る。だが、神宮にとっては残念なことに、一馬は今ジーンズを穿《は》いていた。ただでさえ柔《やわ》らかみのない尻《しり》なのに、デニム生地の硬さがさらにガードしていた。

「残念だったな」

一馬は顔を離して笑ってみせる。ジーンズを脱《ぬ》がせようにも、一馬にのしかかられている状態の神宮にできることではない。神宮より優位に立てたことで、自然と笑みが零れた。

「じゃあ、俺が脱がそうか？」

背後から聞こえるはずのない声がして、一馬は焦って振り返る。そこには神宮によって追い出されたはずの桂木がいた。

桂木が何故いるのかは気になるが、この体勢はまずい。桂木に背後を取られる。慌《あわ》てて体を起こそうとしたが、腰に回っていた神宮の手ががっちりと一馬を引き留めた。

「お前、帰ったんじゃなかったのかよ」

一馬はせめてもの抵抗に、桂木を睨む。

「聡志が戻ってこいって言ったからさ」

「そんなこと言ってなかっただろ」

「アイコンタクト？」

「なんで疑問形なんだよ。くそっ」

二人の間でいつの間にそんなやりとりがあったのかは知らないが、一馬をはめることには意見が合う二人だから、さして言葉はいらなかったのだろう。

「でも、鍵は？　お前、合鍵なんて作ってないだろうな」

一馬は不信感《ふしんかん》をあらわに二人を問い詰める。

確かに一馬は鍵をかける音を聞いている。内側から開けなければ、桂木が入れるはずがない。

「音を立てずにロックを外すことくらい簡単だ」

一馬の下から神宮が答える。こうなることがわかっていたから、一馬に押さえつけられても、神宮は余裕だったのだ。

「だいたい、お前もなんで、のこのこ戻ってきてんだよ」

一馬は桂木に苛立ちをぶつける。神宮には何を言っても効果がない。それどころか、一馬が抵抗すればするだけ、喜ばせてしまう。

「見るだけならオッケーって言われたから」

「それくらいは譲歩《じょうほ》した」

「譲歩じゃねえよ」

一馬を挟《はさ》んだ体勢での会話にますます苛立つ。

まずはこの体勢をどうにかすることだ。寝たまま腕の力だけで、腰に回った神宮の手を振り切るのは難しい。どうやら腰の後ろでがっちりと手を組んでいるようだ。少し腰を持ち上げただけでは離れそうになかった。

一馬は膝を突いて、上半身を起こす動きで振り払おうとした。

「おいっ」

桂木の手が一馬の前に回る。一馬は抗議《こうぎ》の声を上げるが、それで止まる桂木ではない。

「やっと脱がせられるよ。腰を上げてくれてよかった」

桂木の台詞で一馬は自分の迂闊《うかつ》さに気づく。早く逃れることだけを考えて、桂木の動向に注意を払っていなかった。

桂木は器用に一馬のジーンズを脱がせていく。固いボタンも難なく外し、ファスナーを下ろされると緩んで隙間《すきま》ができ、途端《とたん》に心許《こころもと》なくなる。

「じゃ、下ろしちゃうね」

明るい口調で言った桂木は、すぐさま一馬のジーンズと下着をずり下げた。とはいえ、足から引き抜くのではなく、膝上《ひざうえ》までしか下ろしていない。

「相変わらずいいケツしてるなぁ」

そう言いながら、桂木は一馬の双丘をさらりと撫《な》でた。

「何やってんだよ」

一馬は振り返って桂木を睨む。神宮以外の男に尻を触られても何も感じないのだが、好き勝手されるのは腹立たしい。

「おい、お前はこっちだ」

「はいはい」

神宮に冷たく言われ、桂木は仕方ないとばかりに一馬から離れた。そして、頭の側へと回り込む。

カチャッと音がして、一馬の片手に手錠《てじょう》がかけられた。四つん這《ば》い状態だったせいで、咄嗟《とっさ》に躱《かわ》せなかった。本物ではなくプレイ用らしく、手を傷つけないよう拘束箇所がもこもこした生地で覆《おお》われた手錠は、目に入るだけで苛立ってくる。

「桂木」

神宮がただ一言、名前を口にした。それだけで桂木は動いた。

神宮が手を少しだけ緩めた瞬間、桂木が手錠を全力で引っ張った。四点で支えている一カ所が崩《くず》れ、一馬が前方につんのめる。体が落ちる寸前《すんぜん》に、神宮が一馬の下から抜け出し、一馬はそのままベッドに落ちた。

一馬の視界がベッドのシーツ一色になる。一馬には見えてはいなかったが、神宮と桂木が二人がかりで一馬の両手を背中に回し、手錠をかけたのが気配でわかった。

「Tシャツは脱がせなかったな」

「そこまで贅沢《ぜいたく》言うなよ。これはこれでそそるだろ」

「確かに」

勝手なことを言う二人に抗議したいのだが、こんな格好で何を言っても負け惜《お》しみだ。両手は後ろ手に拘束され、足は中途半端《ちゅうとはんぱ》に下ろされたジーンズのせいで自由に動かせない。うつ伏せに寝たまま、起き上がることすらできないのだ。

「手、痛くない？」

頭上から桂木が問いかけてくる。

「痛いって言ったら、外すのか？」

「体勢を変える、とか？」

問い返す桂木に、一馬は舌打ちする。そんなことだろうと思った。

「ちょっ……」

不意に腰を持ち上げられ、頭が下がる。シーツに顔が埋《う》まり、言葉が途切《とぎ》れた。

「いいね。このTシャツがまくれてる感じが最高にエロい」

桂木の満足そうな声が聞こえる。

肌に当たる感触で、一馬は自分が今、どんな格好をしているのかわかる。隠さなくていいところが隠れ、隠さなければいけないところが丸出しだ。恥ずかしいよりも情けない気持ちのほうが強い。

「あっ……」

いきなり冷たい液体が双丘に垂《た》らされ、不意の刺激に一馬は背を仰《の》け反《ぞ》らせる。

「いきなり、そこ？」

桂木の驚いた声に、神宮が冷静に答えた。

「縛《しば》ったくらいじゃ、抵抗するからな」

だから、抵抗する力を奪うのだと、神宮は滑《ぬめ》った指を一馬の中へ押し込める。

「あっ……くぅ……」

一馬はシーツに顔を埋《うず》め、声を殺した。

指はたっぷりとローションを纏《まと》っていたから痛みはなかったが、やはり不快な違和感《いわかん》は拭《ぬぐ》えない。自然と顔が険しくなる。

「俺が前を扱《しご》こうか？」

一馬がまだ快感を得ていないことに気づいたが桂木が、神宮に提案する。

「お前は見てるだけだ」

「これだと顔が見えないじゃん」

桂木は不服そうに不満を告げた。一馬はずっとシーツに顔を埋めたままだ。声を殺したいのもあるが、顔を上げ、体勢を変えると、中の指を刺激するから動けなかった。

「少し待て」

神宮は短く命令すると、

「は……ぁ……」

一馬の中心に指を絡ませた。萎《な》えていたそこは、撫で上げられ震えて悦《よろこ》ぶ。

神宮は中心を扱きつつ、後ろを弄《いじ》った。

中心はすぐに硬さを持ち始める。前を擦《こす》られたからだと言い張りたいが、確実に後ろで快感を拾っていた。

「んっ……うぅ……」

一馬はシーツを噛《か》みしめて声を押し殺す。中の指に前立腺を撫でられ、一気に熱が上がった。感じたくないし、それを知られたくない。中心の変化は隠せなくても、せめて、声だけは聞かせたくなかった。

「気持ちいい？」

桂木の声が耳朶《みみたぶ》に吹《ふ》きかけられる。一馬はただ首を横に振った。

「顔が見えないから、後ろに回ろうかな。神宮の指を美味しそうに呑み込んでるところを見るのも楽しそうだし」

「やめ……あぁ……」

桂木を止めようと開いた口が、快感の声を上げる。神宮が指先で前立腺を抉《えぐ》ったせいだ。

一馬が快感で体を震わせる中、神宮がさらに指を増やした。

一馬は再びシーツを噛みしめる。指が増えたことによる圧迫感よりも、この先に訪れる快感に耐えるためだ。

「余裕だな」

さっきよりも遠くで桂木の声がする。

「ああ。これならすぐに入れられそうだ」

聞きたくない言葉が聞こえてくる。神宮は言ったとおりに三本目の指も押し込んできた。さすがに圧迫感があったが、そこから一馬の気を逸らすように、神宮はすかさず前を扱いた。

神宮がしているのは後ろを解《ほぐ》すための作業だ。一馬を感じさせているのも力を抜かせるため。

わかっていても体が勝手に昂っていく。

指が後孔を出入りする度に、ローションが注《つ》ぎ足されているのだろう。耳を塞《ふさ》ぎたくなるような粘着質《ねんちゃくしつ》で淫猥《いんわい》な音が響く。

「くっ……、うぅ……」

一馬の中で三本の指がそれぞれ違う動きをし、一馬を苛《さいな》む。先走りが溢れるほど、屹立はもう限界に近づいていた。

神宮が指を引き抜いた。その隙に一馬は深く息を吐く。だが、呼吸を整えるまでには至らなかった。

「ああっ……」

指ではない熱い昂りでいきなり突き上げられた。挿入《そうにゅう》の衝撃《しょうげき》に一馬は背を仰け反らせて叫ぶ。躊躇《ちゅうちょ》なく奥まで一気に貫《つらぬ》かれた。

「エロっ。人のをこんな間近で見ることなんてそうないから、視覚にクるな。勃ちそう」

「勝手に扱いてろ」

吐き捨てるように言った神宮の声に、いつもの余裕はなかった。一馬の中でその存在を強く主張する神宮の屹立が、余裕などないことを教えていた。

神宮は軽く腰を揺さぶる。

「あ……あぁ……っ……」

熱い声が押し出されるように一馬の口から零れ出た。ギチギチに収められた神宮の屹立は、ほんのちょっとの動きでも、摩擦で肉壁を刺激する。

「顔が見たいな」

誰のとは言わなかったが、桂木の要望に神宮が応えた。動きを止め、一馬の腰を掴んでいた手を腹に回して固定する。

「じゃ、俺は支えとくよ」

神宮の次の行動を察した桂木が素早くサポートに回る。

神宮の手に力が籠《こ》もった。次の瞬間、一馬の体が浮き上がる。神宮だけでは難しかったが、桂木が一馬の肩を起こすように持ち上げたからできたことだ。

「えっ……あぁっ……」

繋《つな》がったまま上半身を持ち上げられ、一馬はたまらず声を上げる。

今、一馬は一見すると神宮の膝に座っているような格好だ。だが、二人は繋がっている。一馬の体重で最奥まで呑み込まされていた。衝撃で呼吸を忘れそうになる。

自分の体だというのに、まるで制御《せいぎょ》できない。強すぎる快感のせいで何一つ自分の力で動かせなかった。今も神宮に背中を預けることでどうにか崩れ落ちないでいる状態だ。

「あ……んっ……」

　桂木によって、胸が露わになるほどTシャツをまくり上げられ、その生地が肌に擦れる感触に声が出た。

　一馬は気づいていなかったが、起き上がったときにTシャツは元の位置に戻っていたらしい。それを桂木がまたまくり上げた。そして、器用に襟元《えりもと》に裾《すそ》を巻き込み、落ちてこないよう細工《さいく》をする。

「やっぱり乳首は見えてないとさ。観客の立場としては物足りないかな」

　桂木の視線を痛いくらいに感じて、一馬は顔を上げられなかった。ただでさえ、貫かれて興《こう》奮《ふん》した様を見られているのに、これ以上の羞恥《しゅうち》は耐えられない。

　桂木が身を乗り出し、ぐっと顔を近付けてきた。そして、うつむき加減になっていた一馬の顔を覗き込む。

「お前のイきそうになってる顔、最高にそそるんだよ」

「それは俺も同意する」

「でもお前見えてないだろ」

「残念だがな」

　そう言って神宮は軽く腰を持ち上げた。

「はっ……ぁ……」

揺さぶられ、一馬の意図に反して声が出た。

「だが、俺はこの声だけでも充分にそそられる」

「わかる。我慢しているのに堪えきれずに出ちゃったって感じがいいよな」

一馬を挟んで二人は、言葉で一馬を辱《はずかし》めた。自分がどんな状況《じょうきょう》にあって、それが二人にどんな反応を呼び起こすのか、そんなものは知りたくないのに、わざと教えてくる。

「あぁ……っ……」

不意に体を引き離された。神宮が一馬の腰を掴み、体を少し前へと傾《かたむ》けさせる。その動きがまた一馬を刺激する。

「これで動かせる」

神宮が独り言のように呟くと、一馬の腰を持ち上げた。

「……っ……」

もはや声にならなかった。引き抜かれる寸前まで腰を持ち上げられ、そこから一気に落とされる。

「鬼《おに》だね」

桂木の苦笑交じりの声が聞こえる。

「これくらいのほうがコイツは好きなんだ」

「まあ、確かに萎えてないけどさ」

桂木の視線が一馬の股間に注《そそ》がれる。さっきからの激しい衝撃にも一馬の中心は硬さを保ったままで、それどころか先走りを零している。

「なら、こうしたほうがいいんじゃない？」

そう言った桂木の手が胸元に伸びる。

「いっ……あぁ……」

胸の尖《とが》りを強く摘《つ》まれ、感じた痛みに声が上がる。けれど、それが気持ちよかった。認めたくはなかったが、これくらいの痛みなら、快感でしかない。

見るだけだったはずの桂木が、こうして一馬に触れているのに、神宮が咎《とが》めようとしない。おそらく、もっと一馬を感じさせるために、桂木の手を道具だと思うことで許しているのだろう。

「これはもう我慢できないな」

桂木が胸を触る手はそのまま、もう片方の手でパンツの前を緩《ゆる》め、昂りを外に出した。一度も触れていなかったはずだが、そこは充分すぎるほどに形を変えている。

一馬の顔をじっと見つめ、胸への愛撫を続けながら、桂木は自身を扱き立てる。その様子を一馬はうっかり目にしてしまった。

桂木には恋愛感情もなければ、欲情を感じてもいなかったけれど、よく見知った男が快楽《かいらく》に耽《ふけ》る姿は、視覚で一馬を煽《あお》る。

一馬のそんな心境《しんきょう》に神宮が気づかないはずがない。

「どこを見てる?」

神宮の険しい声が背後から聞こえた。一馬がその問いに答えるより早く、首筋に歯を立てられる。

「いっ……」

痛みに体が反応した。無意識に中にいる神宮を締め付ける。

「早く動けってことか?」

神宮の声はさっきと違い、途端に楽しそうなものに変わった。

一馬はもう言葉もなく首を横に振るが、神宮がそれを聞き入れるはずもない。

「ああっ……はぁ……」

再び、腰を摑んで引き上げられる。神宮の手に導かれ、一馬は知らず知らずに自ら腰を浮かせていた。

後ろは神宮の屹立で責められ、胸は桂木の手で愛撫される。それなのに屹立には触れられない。だからもっと強い快感が欲しくて、一馬の腰は動いた。

「頼……むっ……もう……」

早くイきたいと訴える一馬の声には、言葉どおりの切羽詰《せっぱつ》まった響きがあった。

神宮がまた腰を持ち上げた。一馬も一緒に膝を立てる。だが、さっきまでと違うのは、一馬

が腰を落としきるより早く、神宮が突き入れたことだ。

「あ……ああ……っ……」

落ちるのと突き入れられるのが同時となり、より強い衝撃となった。目の前に星が飛び、堰《せ》き止められていたものが一気に弾《はじ》ける。一馬はとうとう屹立に触れられることなく、迸《ほとばし》りを解き放った。

やっと楽になれた安堵感と解放感で、一馬は全身の力を抜く。まだ両手は拘束されたままだから、神宮にもたれかかるしかない。その神宮はまだ達していなかった。一馬の体内で熱を主張している。

「河東、こっち」

すっかり存在を忘れられていた桂木が、自らの存在を誇示《こじ》するように一馬を呼ぶ。

一馬がゆっくりと顔を上げると、その視線を受けて、桂木は自身を解き放った。

いつもなら、何を見せつけているのだと憤《いきどお》るところだが、今は頭が働かない。ただぼんやりと見ているだけだった。

「……っ……」

後ろから肩を押され、体が前へと傾く。ベッドにぶつかる寸前に桂木が手を差し伸べた。そして、桂木は慎重《しんちょう》に一馬の頭をベッドへと下ろした。

されるがまま、また腰だけを高く上げられた。そこへ神宮が自らを追い立てるために腰を打ち付ける。

「くっ……」

神宮の口から堪えきれなかった声が漏れると同時に、一馬の中が熱くなる。神宮が射精したことをその熱さで一馬は理解した。

神宮が萎えた自身を引き抜くと、今度こそ、一馬はベッドに全身を横たえる。ようやく手錠も外《はず》されたが、拘束されていた時間が長かったから、感覚がもどらない。ただうつ伏せに寝る体の両側に、両腕を投げ出すしかできなかった。

一馬の頭の近くには桂木が、足下には神宮が座っている。二人ともほぼ全裸の一馬とは違い、既《すで》に乱れた服を直していた。

拘束された状態で性急に追い詰められた疲れから、一馬は顔を横に向け、ただ呼吸を整える。二人に話しかけるのも億劫《おっくう》だった。

「次は俺……ってわけにはいかないよな。わかってるから睨むなよ」

桂木が軽口を叩《たた》くが、すぐに撤回《てっかい》したのは、神宮が恐ろしい目で睨んでいたからだ。

「見てるだけの約束だったんだ。充分だろう」

神宮が憮然《ぶぜん》として桂木を窘《たしな》める。

「そうなんだけど、もしかしたら、うっかりオッケーって言うかなって」

「本当にそんなことを俺が言うと思うのか?」

「はい、思ってません」

桂木が神妙《しんみょう》な態度で答えた後、一馬に向けて肩を竦めて見せる。

「なんで……」

自分の出した声が思いのほか掠《かす》れていて、一馬は一度、唾液《だえき》を呑み込んでから、再び、口を開いた。

「なんで、キスはダメで、コレはいいんだよ」

一馬は力なく寝そべったままで、二人への文句をぶつける。

一馬と桂木がキスすることを拒否したくせに、セックスに参加させる意味がわからない。しかも見るだけだと言いながら、触れてきた桂木を神宮は咎めなかった。

神宮は即答せずに、少し考える素振りを見せた。言い訳を考えているというよりは、本気でその理由を探しているように見える。

「わかった。体液の交換がダメなんだ」

冗談なら冗談の口調で言って欲しい。だが、神宮は至って真面目な顔をしている。本気でそう思っていそうだ。

「お前、何言ってんの?」

一馬が呆れている横で、桂木は爆笑《ばくしょう》している。腹を抱え、涙まで浮かべているが、神宮は何がそんなにおかしいのかわからない顔だ。

「そもそも俺の腕が四本ないのが悪い」

今度もまた神宮は真顔のままだ。けれど、一馬は四本の腕を自由に操《あやつ》る神宮の姿を想像してしまい、噴《ふ》き出さずにはいられなかった。

7

「俺はそろそろお前がクビになるんじゃないかと思ってるんだが……」

一馬が科捜研に顔を見せた途端、神宮が険しい顔でそんなことを言い出した。

「いやいや、なんでだよ」

「お前、品川署よりここにいるほうが多くないか？」

「いくらなんでもそんなことはないと思うけど、どうだろ」

否定しようとしたのに、一馬は自分でもそんな気がしてきた。転勤して来てからというもの、以前より遙《はる》かに科捜研が近くなり、足繁《あししげ》く通っている自覚はあった。

「外に出てることが多いからな。刑事課にいる暇がないっていうかさ」

「ここには来るけどどな」

「嬉しいくせに」

一馬が神宮の肩を叩いて茶化すと、神宮が鼻で笑う。

「まあ、大丈夫だって。まだ何も言われてないから」

そう言いながら、神宮のそばにある椅子に座ろうとしたときだった。胸ポケットに入れていたスマホが着信音を響かせる。

「本条さん？」

スマホを取り出し、画面を見ると、『本条』の文字。

本条から電話がかかってきてもおかしくはないのだが、今は用もないはずだと不思議に思いながらも、一馬は応対する。

「はい、かわ……」

『お前、今すぐ科捜研に来い』

一馬の言葉を遮《さえぎ》った上、挨拶《あいさつ》もなく、本条がいきなり命令してきた。

「科捜研？」

まさに今いるのだが、そう答える前に、本条はさらに言いつのる。

『いいからすぐ来い。お前が今、事件を抱えてないことは知ってる』

「聞いてくださいって。今、俺は科捜研にいます」

『いるのか？　なら外に出ろ』

「外？」

一馬はスマホを持ったまま、窓際《まどぎわ》に近づく。この部屋からなら、科捜研の正面玄関に至る門から駐車場までが見える。

駐車場に本条がいる。本条は一人ではなかった。

「すぐ行きます」

本条が一馬を呼ぶ理由がわかり、一馬は通話を切った。

「どうした？」

一馬の態度に不審《ふしん》を抱き、神宮が問いかける。

「お前も一緒のほうがいいな。行くぞ」

一馬は神宮の腕を取って、有無を言わさず、部屋から連れ出す。

「本条さんの呼び出しに俺が必要なのか？」

「俺が必要なんだよ」

一馬の答えに神宮はますます訝《いぶか》しそうな顔をする。それでも、建物から外に出るのに、時間はかからない。すぐに本条のもとへ到着した。

「先輩」

「河東先輩」

二つの声が同時に名前を呼んだ。一馬はそれらを無視して、本条に声をかける。

「これ、どういう状況なんですか？」

「本庁《ほんちょう》の真ん前で揉《も》めだしたから、とりあえずここまで連れてきた」

相当に困らされていたのか、本条はうんざりしたように言った。

本条の視線の先にいるのは、吉見《よしみ》と高校時代の後輩《こうはい》、福丸《ふくまる》だ。吉見はともかく、何故、福丸がここにいるのかと、本条に視線で問いかける。

「本庁の受付でお前を呼び出そうとしていたところに、俺たちが通りかかったんだよ」

本条の返事でその先が容易《ようい》に想像できる。一馬の名前を口にした福丸に、吉見がどんな関係なのかと詰め寄ったのだろう。

「福丸、お前、なんで本庁に行ったの？　俺、本庁勤務じゃねえぞ」

「順番に行こうと思ったんです。だって、先輩が警視庁の刑事ってことだけしか知らなかったから」

だから、福丸は本庁から順番に「河東刑事」を呼び出してもらう作戦に出たようだ。無駄《むだ》に行動力があるところは吉見とよく似ている。

「どこの所轄かわからないくらいの付き合いのくせに、先輩なんて呼ばないでほしいですね」

吉見がキャラクターに似合わない険しい顔で、福丸に抗議している。

「何言ってるんですか。俺と河東先輩は陸上部の先輩後輩の仲なんですよ？　あなたよりも古い付き合いなんです」

福丸は付き合いの古さを自慢《じまん》して、吉見を挑発《ちょうはつ》する。

「俺は先輩とコンビを組んでた」

「俺なんて、先輩にマッサージしたことある」

どうでもいい争いが繰り広げられている。何故、一馬はこれを見せられているのかと、並んで見ていた本条に問いかけた。

「俺、なんで呼ばれたんですか？」

「お前が原因なんだから、お前にこれを収めてもらおうと思ってな」

「無理でしょ」

一馬は一瞬たりとも考えずに答えた。そもそもがどうでもいい話なのだから、解決策《かいけつさく》などないし、一馬が出ると余計にややこしくなりそうな気がする。

「これ、どうしたらいいと思う?」

一馬は反対隣の神宮にこっそり尋ねた。

「ほうっておけばいいだろう」

「いいのか?」

「あっちの後輩はどうか知らないが、吉見は仕事中だ。そのうち本条さんが無理やりにでも連れて帰るだろう」

神宮の言うとおり、二人は本庁にいたのだから仕事中だ。捜査一課の刑事がそんなに暇なわけがない。本条も腕時計を見ているから、そろそろタイムリミットなのかもしれない。

「本条さん、俺、今のうちに帰ります」

「帰るって……、いや、そうだな。呼んで悪かった」

本条もこれは止めても無駄だと気づいたようだ。わかってもらえたところで、一馬は吉見と福丸に気づかれないよう、そっとその場を離れた。そして、科捜研内ではなく、外へと向かう。科捜研に戻れば、福丸がいなくなるまで出られなくなるからだ。

「俺もそこまで付き合おう」

神宮も一馬に並んで歩き出す。

「けど、意外だったな。もっとあいつらに怒るかと思ったのに」

「所詮《しょせん》、後輩止まりの奴らが何を言ってもな」

神宮が馬鹿にしたように笑う。神宮は完全にマウントを取っていた。

「あいつらは会いに来なければ、お前には会えないんだ」

余裕の笑みを浮かべる神宮が、何を言おうとしているのか、一馬にはすぐわかった。

さっき一馬が言ったばかりだ。一馬は神宮に会いたくて科捜研に来ているのだと。それは神宮を優越感《ゆうえつかん》に浸らせるには充分な事実だった。

あとがき

こんにちは、はじめまして。いおかいつきと申します。

リロードシリーズ最新作の今回は、『一馬《かずま》、故郷に帰る』をテーマにお送りしました。と言いたいぐらいの気持ちで、一馬の学生時代を振り返ってみました。書いていて楽しかったので、今度は神宮の地元話なんかも、機会があれば書いてみたいです。

今作もレギュラーメンバーのサブキャラはいつものごとく当然のように出ておりますが、大集合とまではいかなかったので、次作では今回出番のなかった彼とか彼とかも出してみたいと思っております。

國沢智《くにさわとも》様。イラストがなければ、神宮《じんぐう》はただの変態エロ眼鏡になってしまうところが、國沢先生のおかげで一気にクールイケメンです。本当にありがとうございます。

担当様。いつもお世話になりすぎて、申し訳ありません。今回はまだいつもよりはマシだったかと思うのですが、いや、もっと頑張りますので、今後ともよろしくお願いします。

そして、最後にもう一度。この本を手にしてくださった方へ、最大の感謝を込めて、ありがとうございました。

いおかいつき

Lovers Label

キス×キル

ラヴァーズ文庫をお買い上げいただき
ありがとうございます。
この作品を読んでのご意見・ご感想を
お聞かせください。
あて先は下記の通りです。

〒102－0075
東京都千代田区三番町8-1
三番町東急ビル6F
(株)竹書房 ラヴァーズ文庫編集部
いおかいつき先生係
國沢 智先生係

2022年8月5日
初版第1刷発行

●著 者
いおかいつき ©ITSUKI IOKA
●イラスト
國沢 智 ©TOMO KUNISAWA

●発行者 後藤明信
●発行所 株式会社 竹書房
〒102－0075
東京都千代田区三番町8-1 三番町東急ビル6F
代表 email： info@takeshobo.co.jp
編集部 email： lovers-b@takeshobo.co.jp
●ホームページ
http://bl.takeshobo.co.jp/

●印刷所 中央精版印刷株式会社